MW01710105

UÇAN TABUT

Pınar Eğilmez

Karina
Yayınevi

Uçan Tabut

Bu kitabın telif hakları yazar **Pınar Eğilmez**'e aittir.

1.Basım: Mayıs 2017
2. Basım: Ağustos 2017
ISBN: 978-605-9352-84-0
Editör: Çiğdem Aktepe
Görsel Yönetmen: Mehmet Coşkun
Yayın Hakları: Karina Yayınevi
Sertifika: 29740
Adres: Adakale Sk. 16/9 Kızılay Çankaya/ANKARA
Telefon: (0312) 433 03 58
Faks: (0312) 433 03 59
www.karinakitap.com
www.karinayayinevi.com
iletisim@karinayayinevi.com
iletisim@karinakitap.com

Baskı: Bizim Büro Matbaa Dağıtım Bas. Yay. San. Tic Ltd. Şti.
Matbaa Sertifika: 26649

PINAR EĞİLMEZ

UÇAN TABUT

Karina
Yayınevi

Pınar Eğilmez

Yazar, Pınar Eğilmez 1975 doğumludur. Hacettepe Üniversitesi Edebiyat Fakültesi, İngilizce Mütercim Tercümanlık Bölümünden mezundur. Halen yurtdışında yaşamaktadır.

UÇAN TABUT

Herkesin biricik bir hikâyesi vardır.
Kendine uyanış hikâyesi,
"O" hikâyesi.
Senin yok mu?
Olacaktır.

***Pınar* EĞİLMEZ**

BORA'NIN SELİN'E İLK VE SON MEKTUBU

"Yaptığımız her şey sadece ölüm düşüncesini aklımızdan atmak içindir."

Sen Benim Hayatımsın
Ferzan ÖZPETEK

"Bekle dedi gitti ben beklemedim, o da gelmedi…
Ölüm gibi bir şey oldu ama kimse ölmedi…"

Özdemir Asaf-Çizik

Vay arkadaş! Şairin önünde saygıyla eğiliyorum. Ben bu iki satırın içine girer, oradan dışarı çıkamam. Adamın iki satırda anlattığını dört yüz satırda anlatamam. Tam da bu olmadı mı bize, Selin? Senin "geleceğim" deyip gidişini, benim her şeyin içine edişimi, her nasılsa gelmeyişini, o, havada asılı kalan sahipsiz yas kokusunu, ben böyle güzel anlatamam.

Üç yıl mı oldu kızım biz ayrılalı? İnsan, başına gelen aşkı, kendisinin yaşadığı bir şey sanıyor. Oysa aşk sende yaşıyor. Aşk, senin bedeninde konaklayan bir virüs gibi. Sonra senin o şerefsiz bağışıklık sistemin başlıyor virüsle savaşmaya. En nihayetinde virüsü etkisiz hâle getiriyor. Aşk ölmezse egon ölür sevgilim. Dava büyük.

Bilgisayarın başına geçip niye sana yazıyorum inan hiçbir fikrim yok. Sana olan aşkımı yendiğimden beri domuz gibi bir egom olduğunu keşfettim. Hiçbir virüs dayanamaz ona. Sana olan sevgimi tükettiysem, bünyemde hezimete uğramayacak hiçbir aşk yok benim. Dolayısıyla bu bir, "seni hâlâ çok seviyorum" mektubu değil. Bu bir, "her bir şeye veda" mektubu. Hatıran çok büyük bende. Ondan mı seni seçtim veda etmek için bilmiyorum. "Sana" hitap ederek tüm sevdiklerime hitap ediyor olmak, yerinde bir referans olacak. Çünkü sen, şu hayatta sevdiğim her şeyi, varlığında zerre zerre barındıran harika bir şeydin benim için.

E hâliyle anladın artık. Bu bir intihar mektubu Selin. "Hadi bana eyvallah" mektubu. Son iki yıldır New York'tayım. Adım gibi eminim, nerede olduğumu biliyorsun da hadi "birbirimizden haberimiz yok"u oynayalım. Hâlâ unutamamış olmaya falan gerek yok, birini takip etmek için. Egon, seni huzursuz edecek, keyfini kaçıracak bir şey bulamadıysa o gün, eski sevgilini takip ettirir sosyal medyadan, şuradan buradan, sana. Ne kadar mutlu göründüğüne bakarsın adamın ya da kadının, deli olursun, kendine bakarsın enerjin düşer. İşlem tamam.

Son bir yıldır ağır bir depresyon geçiriyormuşum. Birkaç boktan doktorun tanısı, güzelim. Ve birkaç boktan sevgili tarafından yutturulmaya çalışılan günde dört beş hap. Yok, bak şimdi içim elvermedi. İnsanlara bok atmanın âlemi yok. Sen boksan her şey bok. Ben bok gibiyim Selin.

Ölme isteğiyle mücadele ediyorum bir süredir. Bir parazit gibi zihnimi kemiriyor. Bana sorsan, bu bir depresyon değil, bir obsesyon. Anlamıyorlar. Eğri duran tabloları düzeltmeden ya da elini üst üste beş defa yıkamadan rahat edemeyenler gibi, ölmeden rahat edemeyeceğim. Kulağına çılgınca geldiğinin farkındayım. "Sen kim ölmeyi istemek kim?" dediğini de duyuyorum. Bu bir arıza, Selin. Sistem arızası. Kanser tanısı konan bir adama "bu sana hiç uymuyor" der misin? Bana da deme. Çok mücadele ettim. Artık yoruldum. Bana hiçbir şey, ölmeyi başarmaktan daha büyük bir haz veremez. Bunun doğru bir hareket olmadığını içten içe hissetmem ya da sadece bu fikir tarafından ele geçirilmiş arızalı bir ruh hâli içinde olduğumu bilmem, bir işe yaramıyor. Hiçbir ilacın, hiçbir terapinin bunu değiştiremeyeceğini biliyorum.

Ve işin komiği ne, biliyor musun? Eğri tabloları düzeltmeden rahat edemeyen adam ile kendi ölümünü gerçekleştirmeden rahat edemeyen benim arıza kodlarımız bence aynı. Birinin sonucu "eh biraz zorlayıcı bir hayat", birinin sonucu "trajik bir ölüm". Oysa ne "zorlayıcı" diye bir şey var ne de "trajik". Sadece "olan" var. Ahmet, yerinde duramadı. Kalktı ve tabloyu düzeltti. Bora, yerinde duramadı ve kalktı, kendini öldürdü. Ne üzücü bir son! Üzücü müzücü bir durum yok güzelim. Kendimizi bir şey sanıyoruz bin yıllardır. Hiçbir bok değiliz.

Şöyle bir düşünüyorum da güzel bir hayat yaşadım ben. Güzel bir ailem oldu. Annem babam; aydın, vicdanlı insanlardı. İyi okullarda okudum. Güzel anılar biriktirdim. Küçükken dayak yemedim, tacize uğramadım. Büyüdüm, aç kalmadım. Açıkta kalmadım. Okudum, çok okudum. Çok müzik dinledim. Çok kral adamlarla dost oldum. Birkaç kız sevdim. En çok seni sevdim.

Sana yazıyorum ya ben şimdi bu veda mektubumu, aşk acısından intihar ettiğimi varsayacak ahmaklara şimdiden selam olsun. Yok öyle bir şey! Arabanın motoru arıza yaptı diye binlerce kilometre geride kalan o güzel ağacı kim suçlayabilir? Güzel ağacım benim.

Hatırlıyor musun Kuzey Ege'de bir dağın eteklerine keçi gibi tırmanmıştık onlarca kişi hep beraber? Onlarca kişi, yüzlerce fidan dikmiştik dağın yangın yarasına. Benim sana olan tutkum da o gün tutunmuştu toprağa. Öyle âşık öyle coşkuluydum ki diktiğim ağacın gövdesinden fışkıracaktı sanki dünyada güzel kalan ne varsa. Bir avuç toprak parçasından gürleyecekti insanın iyi yanı, zeki yanı, merhametli yanı, coşkulu yanı, âşık yanı. Onlarca aydınlık, ışıl ışıl insan, üç gün karınca gibi çalışmıştık, hatırlıyor musun? Gülüyorduk, şakalaşıyorduk, mutluyduk. O dağın başına keçi gibi tırmanana kadar içimizde nerede saklanıyordu umut? Güzel ağacım benim. Kök salsın, tutunsun hayata diye ellerimiz yara bere, sırtımız ter içinde fidanlar dikerken, büyütmek istediğim belki de sendin. Bir ağaç büyütebilirsem ve onu koruyabilirsem ben, seni de korurdum. Seni sevme hâlini, seninle yaşanacak tüm güzel ihtimalleri korurdum. Birlikte sarmalandığımız o aşk hâlini korursam, diktiğim ağaçları da korurdum. Köklerin toprağa tutunduğu gibi sana olan sevgime tutunmak, o ağaçların gölgesinde seni korumak istedim ben.

Sarhoşu olduğum bu yeni dünya ihtimali, yüzeyinde sen... Uydusu oldum ben bu yeni dünya fikrinin. Ekseninde döndüm, döndüm, döndüm. O kadar hızlı dönmüşüm ki yörüngeden fırlayıp gittim. Kendimi evrenin boşluğunda, mutlak bir sessizlik ve karanlık içinde buldum.

Duyduğuma göre yeniden yanmış, ağaçlandırdığımız arazi. Orasını da içine alan o mağrur yamacın bütünü, çoktan bir tatil köyü olmuş. Selin'im, güzel ağacım benim. Hepinizi kaybettim.

Uzun bir süredir hiçbir şeyden zevk almıyorum. İnsanların hepsi aynı, her gün birbirinin aynı. Beş para etmez pislikleriz. İllaki oyalanmaya, hiçbir şey olmamış gibi yaşamaya devam edebilirdim, diğer tüm insanlar gibi. Ama olmadı. Bir süre sonra bu lanet ölüm isteği, bir asit gibi yaka yaka damarlarımda dolaşmaya başladı Selin.

Küçük oyunlarım var her gün oynadığım. Burada, New York'ta dairem, Central Park'a bakıyor, söylemiş miydim? Parkta yürüyorum bazen. Karşımdan gelen üçüncü adamın kafasında bere varsa eve dönünce kendimi öldüreyim, diyorum mesela. Ya da bisikletlileri sayıyorum. Geçen yedinci bisikletli, bir kadınsa, bu akşam bu hayat bitsin. Deli saçması öyle mi? Ya bütün ömrümüz? Tüm yaptıklarımız ve yapmadıklarımız? Zekâ ve aşkla inşa edip, yıkılırken seyirci kaldıklarımız? Deli saçması biziz, Selin.

Al sana yeni oyun! Şimdi mesela, şu telefona uzanıp anneannemi arayayım. Beş kez çaldırayım. Açmazsa bu iş bitsin. Ne dersin? Anlamsızca ölmek istiyorum.

Dur bekle. Tuşlayıp döneceğim sana.

Açmadı, Selin.

Hoşça kal, güzel ağacım benim.

Bora

SAADET VE KIPIRDANAN PERDE

Tesadüf; egonun, oyunda bir rolden ibaret olduğunu idrak ederse delirmekten korktuğu için bulduğu ferahlatıcı bir tanımdır.

Şu korkunç günü, şu talihsiz, şu olmaz olasıca günü hep yeniden düşünüyorum. Hatırlamaya gayret ediyorum her ayrıntıyı. Ne yapmıştım sabahtan itibaren, ne düşünmüştüm, ruh hâlim nasıldı? Keyfim yerindeydi sanki. Hay olmaz olaydım. Büyük bir kayıp yaşadığınızda, büyük bir acı, sizden çok uzakta gerçekleşmiş olsa da felaket, başka türlü davranmış olsanız sonucu değiştiremeyeceğinizi bilseniz de yine de o kara günde ne yapıyordum, nasıl da öyle şuursuzca oyalanıyordum diye kendinizi hırpalamaktan geri duramıyorsunuz.

Salonda, sokağa bakan pencerelerimin önünde, sallanan koltuğumda oturup, geleni geçeni seyrediyordum. Zaten çoğu günlerde yaptığım gibi. Daha gencecikken nasıl da sıkıcı gelirdi bana, tüm gün camın önünde oturan yaşlılar. Ne zaman onlardan birine dönüştüm hayret ediyorum. Olgunlaşma'da okuduğumuz yıllardı. Rahmetli anneannem ne kadar yaşlı ve sıkıcı görünürdü gözüme. Sevmez miydim? Çok severdim. Ama ne bileyim, "o anlamaz, yaşlı", "o şimdi ne anlattığımı anlayana kadar ohoo" diye düşünürdüm hep. Annem bile çok yaşlı görünürdü gözüme. Kadıncağız kırklarında olsa gerekti ben böyle düşünürken.

Ah güzel oğlum, canımın parçası yavrum... Ölmeden önce son sınavım sen mi olacaktın, yavrumun yavrusuyla mı sınanacaktım ben...

Gençlik öyle uçarı öyle çakırkeyif bir iklimdir ki dünyanın hâkimi sensin. Senden öncesi yalan, senden sonrası lafügüzaf. Çocukların başı okşanır, büyüklerin eli öpülür. Ama hayat dedin mi işte o bir tek senin göğsünden fışkırır, senin gözlerinden okunur. Gün senin günündür. Devran senle döner. Geçmiş senin merhametine muhtaç, gelecek, senin kudretine tabidir. Dönüp bakınca bir filiz gibi güneşe uzadığım günlere, "e be ay yüzlüm, dünyada gençliği tadan ilk nesil seninki miydi?" diyesim gelir. Asırlarca genç oldu nice nesiller. Aynı iksirden içip aynı hazza yükseldiler. Hepsi ama hepsi sevdi, âşık oldu, hepsi ama hepsi dünyayı değiştirmek istedi. Ama dünya hiç değişmedi. Dekor değişti, dil değişti, tavır değişti, yorum değişti ama oyunun kendisi hiç değişmedi. Hayatın güftesi değişti ama bestesi hiç değişmedi. Asırlardır bıkmadan usanmadan, her seferinde başka bir oyunu oynadığını sanarak, "bu iklim başka iklim, bu şafak başka şafak" diyerek, hep aynı kumpanyayı bir kasabadan bir kasabaya sürükledi durdu insanoğlu.

Peki, ben bunları şimdi, gencecik yavrulara der miyim? Demem. Güzellik burada, efsun tam da burada zaten. Bırakalım da onlar da yükselsinler, bir zihnin ulaşabileceği en çakırkeyif burçlara. Gençlerin etrafında dönsün dünya. Eğilsin devran, önlerinde. Yeniden, yeniden tamamlasınlar çemberi. Bizi, hiç kalbi çarpmamış, hiç genç olmamış, zaten yaşlı doğmuş bilsinler. Ben, annemin benden önce bir yaşamı var mıydı hiç düşünemezdim misal. O benim için "anne" olarak doğmuştu. Tek kimliği olabilirdi şu dünyada o da "benim annem". Anneannem ise pek tabii ki "anneanne" olarak doğmuştu. Ah, ne hoş gaflet.

Ne demeye balkondaki güvercin pisliklerini temizlemeye durdum saatlerce ben o gün? Ne demeye el salladım köşeden dönen Sevgi'ye?

Ne demeye bir sürü boş işle oyalandım? Ne demeye sakin sakin nefes aldım utanmadan, kara oğlumun en sancılı, en kara gününde?

O vakitler, benim kabuğum dışında var olan yaşlılığı anlayamazdım. Şimdi de benim kabuğuma dönüşmüş olan yaşlılığı yine anlayamıyorum. Kime desem anlamaz bu hissi gibi geliyor. Ben, aynı benim. 20 yaşımda kafatasımın içinde konuşup duran zihin hiç yaşlanmadı ki hiç susmadı, hiç durulmadı ki. Kalbim hâlâ pır pır ediyor, beğenebileceğim bir beyefendi ile iki çift laf edince durakta. Saklıyorum, utanıyorum, o kadar. E yaşımızdan başımızdan utanmalıyız sonuçta. Buruş buruş kalın, kaba bir yaşlılık kabuğuyla sarmalanmışım. Ona göre davranmam bekleniyor. Bu kabuk seni sardıysa artık; gününü nasıl geçireceğin, neleri yapmanın hoş karşılanacağı, hatta neyden ne kadar anlayacağın bile belli. Talimatname, kılavuz çoktan hazırlanmış. Sana yakışan, kitabına uygun davranmak. Ve heyhat, vakitlice Hakk'ın rahmetine kavuşmazsan, talimatname gittikçe daralarak yenilenecek. Ta ki bir yeni yetme sabinin izin kâğıdı boyuna gelene dek.

Gençken şahtım, yaşlılıkta şahbaz oldum. Gençken sanki çok mu keyfimce yaşadım? O zaman da kendim ördümdü kendi kabuğumu, gencecik tenimin üzerine. Ben hep geç kaldım. Sevmeye geç kaldım. Söylemeye geç kaldım. Görmeye geç kaldım. Affetmeye geç kaldım. Yaşamaya geç kaldım. Geç kalmak, benim göbek adım. Ve gelince taa yetmiş üç yaşına; her ne yaptıysan, tüm yaptıklarının, yerini bulduğunu görüyorsun. Her ne yaptıysan, başka türlü yapılamazdı. Ama ya yapmadıkların? Yapmaktan geri durdukların? Bir bahane ile tecrübe etmekten tüm kaçtıkların? İşte onların hepsinin sızısıyla öleceğini biliyorsun. Açgözlülükle saldırıp hayata, tatmin olamadan hiçbir şeyden, hep daha yenisini istemek değil bahsettiğim. Sakın ha! Hani şu biricik istediğin… Hani şu hiç olmayacak iş ama taa yüreğinde sana iyi geleceğini bildiğin? "İzah edemem, istiyorum, çünkü öyle" dediğin... Boynunu büküp vazgeçtiğin... Korkundan elini uzatmadığın... İşte bir tek onlar düğüm düğüm oluyor insanın boğazında benim yaşımda.

Yavrum, kara oğlum, gençliğini, hayatın daha nice ihtimallerini elinin tersiyle itip giden, yitip giden oğlum...

Korkumuzdan elimizi uzatmadıklarımız, deyince, işte bak Bilana geldi aklıma. Hiç unutmadım ki ben Bilana'yı. Büyük dedemi değil, asıl Bilana'yı. Nesilden nesile anlatıldı büyük dedemizin hikâyesi bize. Nesilden nesile anlattık, büyük dedemizin hikâyesini biz.

Çerkez'iz biz, baba tarafından. Büyük dedem Nartan Bey, 1864 sürgününde göç etmiş Osmanlı'ya, Abhazya'dan. Bir büyük direniş hikâyesi ki üç yüzyıl sürmüş. Dile kolay, tam üç asır boyu kuşatmış Kafkas dağlarını Ruslar. Tam üç asır direnmiş Kafkas beyleri ve onların dağ köyleri. "Dağlılar" dermiş Ruslar, Kafkas halklarına. Bir yurtlarından edebilselermiş şu dağlıları, arkası Karadeniz, ötesi sıcak ummanlar.

Dedem Nartan Bey, yeni evliymiş Bilana ile. Dayanacak gücü kalmamış onun da köylüsünün de artık kuşatmalara, yangınlara, işkencelere, açlığa, en çok da onursuz yaşama ihtimaline. Onlar da düşmüş en sonunda, Osmanlı topraklarına göçmen taşıyan arsız, ağzı salyalı kaçakçı gemicilerin eline.

Gemiye binecekleri Krasnadar Limanı'na ulaştıklarında zaten köyün yarısı ölmüş. Buz kesmiş ölü yatan analar, hâlâ anasının memesinde süt arayan bebeler arasında itiş kakış, feryat figan bir güruh içinde; kendilerini tahtadan, leş gibi bir gemi müsveddesinin içinde bulmuşlar. Bilana'nın elini hiç bırakmamış Nartan. Öyle ulu orta el tutmaz Çerkezler. Aile içi katı gelenekleri vardır halkımın. Babanın yanında ayağını uzatamazsın. Karının elini tutmayı bırak, büyüklerinin yanında evladını sevemezsin. Ama gün, kıyamet günü. Bilana'sı yaşça ondan küçük, bedeni söğüt dalı. Korkmuş Nartan, kaybederim onu, diye.

İki yüz kişilik gemiye altı yüz muhtaç istiflemiş insan tacirleri. Bir miktar su, bir miktar ekmek, yollukları. Tabii ki kısa süre içinde tükenmiş onlar da azgın Karadeniz'de debelenirken gemi müsveddesi, kan, kusmuk, ter, dışkı içinde.

Sonra tifo kırmaya başlamış gemideki mazlumları bir bir. Bir bir denize atmaya başlamışlar ölülerini. Kocalar karılarını, analar çocuklarını, kardeşler bacılarını, acıdan inleyerek Karadeniz'in kucağına gömmüşler.

Nartan ile Bilana, sağ imiş henüz. Sağ dediysem, henüz tifodan ölmemişlermiş. Açlık, pislik ve sefalet, gemi günlerinin rutini.

Nartan Bey, güzel günler, onurlu hatıralar biriktirmiş "dağlı" bir direnişçi. Daha kötü ne görebilir ki... Görmüş.

Çaresizliğin ve aczin kesif bir koku eşliğinde sindiği zalimin gemisinde, o gece bir patırtı kopmuş. Genç bir Çerkez asker, yüksek sesle inlemeye başlamış. Çevresini sarmış birkaç köylüsü, ateşler içinde kavrulan oğlanı ayıltmaya çalışmaktaymış. Bilana usulca ayağa kalkmış. Dönüp, Nartan'ın gözlerine, daha önce hiç bakmadığı bir ifadeyle bakmış. Acı, utanç, yakarış doluymuş gözbebekleri. Sonra ölüm kadar keskin bir kararlılık giyinmiş yüzünün çizgileri. Soygunculardan sakınıp koynunda sakladığı, Nartan'ın, düğün gecesi taktığı ince gerdanlığı, kocasının avucuna bırakmış. Olduğu yerde topukları üzerinde geri dönerek, ateşler içinde sayıklayan genç askere doğru yürümüş. Yolcuların şaşkın bakışları altında, oğlanın bir kurşun gibi ağır sol kolunu kaldırıp altına girmiş. Göğsünü kucaklayıp, iki örgülü kumral başını Albek'in omzuna yaslamış.

Albek ile Bilana, birbirlerini deli gibi severmiş meğer. Babası, Bilana'yı tutmuş, Nartan'a vermiş meğer. Vatanını, onurunu, sevdiğini, her şeyini kaybeden Albek, yalın ayak koşarak yetiştiği gemide Bilana'yı son kez görerek ölmek istemiş meğer.

Nartan dedem, acıdan kaskatı kesilmiş. Soluğu kesilmiş. Bir tahta parçasını kavradığı avuçları kesilmiş. Alev alev yanan gözleri ıslanacak olmuş ıslanamamış. Gözyaşları kesilmiş.

Ertesi günün akşamına on iki diğer ölü bedenle birlikte Karadeniz'e emanet edilmiş Albek ve Bilana'nın, sevdalı ölü bedenleri.

Dedem Nartan, o gemi ile Trabzon Limanı'na sağ ulaşabilen otuz sekiz mülteciden biriymiş. Başka bir adam inmiş o cehennem gemisinden Osmanlı topraklarına. Lime lime bedeninden başka her şeyini geride bırakmış, bıraktırılmış bir Kafkas beyi, benim büyük dedem.

Korkumuzdan elimizi uzatmadıklarımız, deyince, işte bak Bilana geldi aklıma. Hiç unutmadım ki ben Bilana'yı. Nesilden nesile anlatıldı, büyük dedemizin hikâyesi bize. Nesilden nesile anlattık, büyük dedemizin hikâyesini biz.

Dedemin dramını koy bir kenara, gencecik yaşında ölen, korkusuzca sevdiğine elini uzatan, onunla birlikte ölüme giden Bilana mı çok yaşadı ben mi? Hayat; yaşaman gereken tüm deneyimleri yaşayıp, alman gereken tüm dersleri alıp, sonra da çekip gitmekse, Bilana, benden çok yaşadı. Ben, yetmiş üç yaşında Saadet ise, hep geç kaldım.

O korkunç günde, balkondaki güvercin pisliklerini temizledikten sonra yoruldum da oturdum kaldım oracıkta. Gözüme takıldı, tam karşımızdaki Akgün Apartmanı'nın ikinci kat salon penceresi perdesine. Kıpırdayıp duruyordu. Bir ritmi yoktu. İki kıpırdayıp bir duruyordu. Sonra beş kıpırdayıp yine duruyordu. Sonra hiç durmadan kıpırdıyordu. Kimse de görünmüyordu. Sinir oldum, gözüm takıldı. Ne demeye kıpırdıyordu bu perde? Telefon çaldı sonra içeriden iki kez. Off kimdi ki? Perde yeniden sarsılarak kıpırdadı. Ben, bu ağrıyan ayak bileklerimle yetişene kadar telefon kapanır mı ki? Perde durdu. Perde iki kez yine kıpırdadı. Ben yarı yoldaydım, telefon üç kez daha çaldı. Yetişemedim. Sustu telefon. Baktım, Bora'mdı. Ta Amerika'daki yavrumun yavrusu. Geri aradım. Gözlüğümü bulup, geri aramayı becermem biraz vakit aldı. Açmadı. Döndüm balkona geri. Bir baktım ki kıpırdayan perde, yeni kiracıya gelen misafirin yerden bitme veledinin oyunu. Sallamış da sallamış perdeyi, oturduğu parkede.

Dediler ki bana; Bora'm, canına kıymadan önce bir mektup bırakmış. Ben açsaymışım telefonu ölmezmiş belki. Böyle korkunç bir günde böyle çılgıncasına bir söz! Demediler başka bir şey. Nasıl olur? Ne demek bu? Bir çocuk bir perdeyi salladı da ben yetişemedim diye mi öldü Bora'm, dünyanın öbür ucunda?

Yine geç kaldım. Geç kalmak, benim göbek adım.

SELİN
HAZİRAN 2016 İSTANBUL

Derdin ki: "Sen beni sevdiğin sürece
hayatımdaki her şeyin iyi gideceğine inanıyorum."
Seni hâlâ çok seviyorum. Bil istedim.

- Nilay, uyudun mu? Nilay? Bir şey konuşmak istiyorum. Hadi eskisi gibi, yatak muhabbeti, ne olur... Nilay?

- Abla, çok içtik ya... Bırak uyuyayım. Sonra.

- Kalktım seninle vakit geçirmek için, memleketin öbür ucundan İstanbul'a geldim. Ya haldır haldır çalışıyorsun ya gezip tozup uyuyorsun. İki güne döneceğim. Seninle konuşmaya ihtiyacım var.

- Fıstık gibi kadınsın. Fıstık gibi hayatın var. Neymiş ihtiyacın? Uyumak istiyorum beybi.

- Ulan Nilay alacağın olsun!

- Tamam, sen anlat, gözüm kapalı ama dinliyorum, söz.

- Nereden başlayacağımı bilmiyorum. Senden üç yıldır sakladığım bir şey var. Üç yıl önce olan bir şey. Çok âşık oldum o zaman ben, Nilay.

- Üç yıl mı? Hııı... Bu mudur? Biliyordum ben zaten.

- Biliyor muydun? Yok artık. Bilmen mümkün değil.

- Biliyordum kızım. İliğine kadar tanırım seni. Sesimi çıkarmadım.

- Hadi ya! Ben o yıl çok acayip bir şey yaşadım. Kişisel kıyametim oldu benim, o yıl. Benim ve de onun. Tamam, bir sürü insan var âşık olup eşini aldatan ya da benim gibi, evli biriyle birlikte olan... Bizim de görünende olan buydu. Sana şimdi oturup da "ben üç yıl önce evli bir adama âşık oldum"u anlatmayacağım. Bu, enteresandan çok, pespaye bir hikâye olur.

- *Ya o kadar da değil... Herkesin başına geliyor... Gelmiş geçmiş, hırpalama kendini yahu... Hadi uyuyalım!*

- Benim anlatmak istediğim... Çok tuhaf bir duyguydu Nilay. Biz, ikizimizi bulmuştuk. Bildiğin ikiz. Aşktan öte, sevinçten aklımızı kaçırdık resmen. Daha önce yaşadığımız veya tanık olduğumuz hiçbir aşk hâline benzemiyordu bu. Onun teninin kokusu için ölebilirdim. Benim kendi kokumdu bu. Sanki on bin yıldır vardım ve var oluşum, on bin yıldır böyle kokuyordu. Kelimeleri seçmekte zorlanıyorum. Kulağa çok mu anlamsız geliyor?

- *Hı hıı...*

- Eğer varsa öyle bir şey, aynı ruh kökeninden geldiğimiz kesindi. O, benim erkek hâlimdi. Ben erkek olsam, Bora olurdum. Başka bir şey olamazdım. Aynı kaba espri anlayışımız, aynı şeylere heyecan duyuşumuz, aynı tepkileri verişimiz, aynı şeylere kızıp aynı şeylere gülüşümüz... Bunların hepsini koy bir kenara. İnan bunlar da konu değil. Aynı bakıyorduk. Bakışlarımız, yürüyüşümüz, mimiklerimiz, kırılganlıklarımız, efelenmelerimiz aynıydı. Fiziğimiz bile çok benziyordu. "Senin baban kesin benim annemle görüşmüş mazide bir zamanlar", "kardeş falanız da bilmiyor muyuz?" durumları...

Bayrağımızı kalemizde gururla dalgalandırdığımız aşkın en şaşaalı zamanlarında, bu tuhaf aynılık hissinin biraz farkındaydım. Ama asıl; kumdan kaleyi dalgalar alıp götürdükten sonra, kendimi sonsuza dek o kuma gömmek istediğim ayrılık acısı evresinde daha çok düşünme fırsatım oldu. Parçaları şaşkınlıkla birbirine oturttum. Biz, "Big Bang" sırasında birbirinden kopmuş, bin yıllar boyunca karanlık evrende savrulmuş ve hayret verici tesadüfler sonunda çarpışmış, bir göktaşının iki parçasıydık... Uyumadın değil mi?

- *Mmmmğğğ... Yok yok...*

- Aslında tesadüfler, biz çocukken başlamış. O başka bir şehirde, ben başka bir şehirde büyümüş iki akran çocukmuşuz. Çocukluğumdan bir hatıra... Bizim yazlıkta yaz tatilini geçirmeye gelen, babamın uzaktan bir arkadaşının karısı vardı, hatırlar mısın? Belgin Teyze. Niye bizde geçiriyordu tatilini anlamazdım. Ya bir problemi vardı da evinden uzaklaşmak istemişti kadıncağız ya da başka bir şey... Neyse, hatırlar mısın ne güzel, ne süslü bir kadındı. Hayran hayran seyrederdik. Bora'nın teyzesi çıktı o kadın. Bir gün bana gösterdiği eski fotoğraflardan tanımıştım. Bora, çocukluğuma teğet geçmiş.

Sonra üniversite yılları, benim, onun şehrine İstanbul'a gelişim. Bora gitmiş bizim oradan Antalyalı bir kızla çıkmaya başlamış. Sonra da evlenmişler. Evlendiği kız, bizim Handan'ın tanıdığı biri. Görüşüyorlar da hatta İstanbul'da birkaç kez Handan'la. O yıllarda karşı karşıya gelebilirmişiz. Yine teğet geçmişiz.

Evrenin üçüncü çabası sonuçlandı. O korkunç kaza... Hastanede yatışım... Şartları beğenmeyip beni başka bir hastaneye geçirişiniz... Hatta yeni hastanede üç gün sonra, odamın ve katımın da hatırlamadığım bir sebeple değiştirilmesi... Bora'nın karısı ile yan yana odalarda yatışımız... Ailece tanışma... Dayanışma... Kıyamet.

Sonrası; hem öle gebere, ağlaya ağlaya, sarsıla sarsıla, suçluluktan ezile yok ola bir aşk hem havai fişekli bir mutluluk hâli, "denizin altında yirmi bin fersah" bir huzur, Tanrı'yı şah damarında hissettiğin bir ruhsal kuvvet kokteyli... Sonrası kıyamet...

- *Selin, vallahi başım çok dönüyor. Ne olursun uyu.*

- Bir gece, gözlerimin içine bakarak "sen bensin" demişti. Kendi yansımamıza âşık olmuştuk. En çok, gözlerinde kendini görebildiğine tutuluyorsun galiba şu hayatta. Karşı koyamazsın buna Nilay, inan bana. Bir sürü başka ilişki ihtimaline karşı koyabilirsin çok icap ediyorsa eğer. Ama ikizinle çarpıştıysan bu çok büyük bir sınav.

Ve asıl kara mizah ne biliyor musun? Şu dünyada kendi parçanı bulman asla "ve sonsuza dek mutlu yaşadılar" durumu değil. Hatta bu neredeyse mümkün bile değil. Çünkü birbirini tamamlamıyorsun ki yuvarlanıp yol alasın. Birbirinin tıpatıp aynısısın. Aynı özden geliyorsun. Tersi olması gerek diye düşünür insan değil mi? Öyle değil işte. Aynı yoğunlukta sevip aynı kahkahayı attığın kadar tırnaklarını da aynı anda gösteriyorsun. İçindeki çıkarcı bencil yaratık aynı anda ortaya çıkıyor. Benliğinde; zayıf, eksik, kompleksli, karanlık hangi noktaların varsa tıpatıp onda da var. Onu suçladığın her ayrıntıyı sen de özünde barındırıyorsun.

İkizini bulup onun gözlerinde kendi yansımana bir kere tutuldun mu kendi içine doğru bir serüven başlıyor. O zamana kadar doğru bildiğin her şey seni şaşırtıyor. "Benim hayattan beklentim şu. Bence doğrusu şu. Biz birlikteysek şöyle olur ayrıysak böyle..." Yok ya! Ne kadar da eminsin kendinden. Bak bu çarpışma sana kendin hakkında neler öğretecek! İçindeki çokluklarla tanışmanın vakti geldi. Onlarca Selin'le, onlarca Bora'yla tanıştık biz. Hayretler içinde kaldık ayrı ayrı. Ne zaman hangi Selin'in dümeni ele aldığını, ne zaman hangi Bora'nın çamura yattığını hayretler içinde seyrettik. Kendi suretimizden korktuk biz. İkimiz de bu güzel aşkın içine ederken, ayrı ayrı, bazı Selin'lerden bazı Bora'lardan utandık. Olmaz olsunduk. Sustuk gizledik. Ama ikimiz de bir diğerimizin her şeyi gördüğünü, çünkü tıpatıp aynı özden geldiğimizi sessizce bildik.

Belki de ikizler, birbirlerini olgunlaştırıp yükseltmek için çarpışıyorlar. Bir türlü çatlatamadıysan kabuğunu, hayat sana ikizini gönderiyor. Çatır çatır parçalıyor ikizin, kabuğunu. Hem canını çok yakıyor hem yeni bir boyuta taşıyor seni, o güzel kardeşin.

Bora ayrıldı eşinden. Amerika'ya yeniden okumaya gitti. Gelecek vadeden, iyi bir mimardı oysa. Ben ise, kendimden ayrıldım. Yaşadığım dönüşümlerin bazılarına şahit oldun. Bazılarını henüz bilmiyorsun.

Bora'yı hâlâ çok seviyorum. Sevmemem mümkün değil. Bir zamanlar ona da dediğim gibi: "Güneş doğudan doğar, bahardan sonra yaz gelir, Selin, Bora'yı sever." Eşyanın tabiatı bu. Bu; insan tarafımın dâhil olup da değiştirebileceği bir şey değil. Ve bu, başka hiç kimseye hissedebileceğim bir şey de değil. Bu, kendi özümü sevişim. Bu, bir iş becerişim, bu bir çabalayıp da koruyuşum, bu, bir büyük âşık oluşum falan değil. Bu böyle. Bu sadece böyle. Başka türlü olamayacak bir doğa olayı. Selin'in bir marifeti falan değil.

Dünya dönerken Selin bir sürü hata yapar, Bora bir sürü hata yapar. Hakkını veremeyecekleri kadar büyük bir aşkı, bir sürü insani pespayelikle mahvederler ve ayrılırlar. Bora şimdi kim bilir kimle birliktedir ve daha kimlerle birlikte olacaktır. Hiç fark etmez. Bu öz, kendi parçasını sever. Çünkü tek bir öze ait bu ikiz parçalar, zamansız boyutta hâlâ tek bir bütünler. Hiç ikiye bölünmediler. Bora ile birlikte kalmayı becerebilseydik de bu böyle olurdu. Şu an ayrı ayrı hayatlar yaşıyor olsak da bu böyle.

Biz hiç karşılaşmadık. Hiç birleşip çözülmedik de. Bunlar bir senaryo. Hayat bir rüya. Dünya denen saçmalığı bir kenara koy. Biz "GERÇEK"te hiç ayrılmadık ki...

İyi ki dinledin yani Nilay. Resmen uyudun! Hiç mi bir şey söylemeyeceksin?

- *Hıııı... Evet. Söyleyeceğim.*

Kafayı yemişsin sen.

NİLAY
KABUL GÖRMEYENE ÖVGÜ

İnanmak ile bilmek aynı şey değildir.
Hiçbir zaman da olmamıştır.
Bütün zulümler, bu ayrıntıdan ürer.
Bence yani!

Bora'nın öldüğünü elbette Selin İstanbul'a gelmeden saatler önce duymuştum. Duyar duymaz da bir acil durum planı yapıp, Selin'i, uyduruk bir sebeple İstanbul'a çağırdım. Ona ihtiyacım vardı. Kendimi hiç iyi hissetmiyordum. Ne olur birkaç gün de olsa hemen gelsindi. Amacım, olayı duyduğunda onun yanında olmaktı. Ona, acısını yaşayabileceği güvenli bir alan sağlamaktı. Duymasına engel olmam mümkün değil şu devirde. Gerçi 36 saat oldu ben duyalı, bizimki hâlâ duymadı. E artık an meselesidir. Birazdan uyanır. Ya bir arkadaşı arar ya da Instagram'da dolanırken bir yorum okur. Dün gece de resmen ağzıma etti. İçine mi doğdu nedir, bana, Bora'sını itiraf edeceği tuttu. Konuştu da konuştu. Uçtu adamın ruhundan öptü geldi. Tabii ki biliyordum üç yıl önce yaşadıklarını. Belli etmedim. Bizim ilişkimiz Selin'le biraz tutuktur. Birbirimize kolay açılamayız. Açılsak hemen birbirimize gireriz. Yargılarız. Dalga geçeriz. Hiçbir şey konuşamaz hâle geliriz. Başka herkese gösterdiğimiz hoşgörüyü asla birbirimize göstermeyiz. Kardeş değil de iki yabancı olsak asla ahbap olmayız, birbirimizden hazzetmeyiz diye düşünürüz. Hani "ay onu hiç almayayım ben" dediğin tip vardır ya, hah, o benim için Selin'dir. Selin için de ben.

Yaşadığı, sarsıcı bir ilişkiydi. Belliydi. İnsan âşıkken, bir kendini akıllı diğer herkesi de aptal zanneder. Selin de çevresinde kimse fark etmiyor sanıyordu. Kaçın kurasıyım ben! Neyse, bu başka bir konu. Sonuçta ilişmedim. İhtiyacı olduğu son şey, benim alaycı yorumlarımdı.

Ama iş kriz anında orada olmaya gelince, birer manevi destek topuna döneriz. Sessiz ve kararlı bir tavırla bir diğerimizi korur, sonra akut dönem söner sönmez eski yüzeysel ve uzak diyaloğumuza geri döneriz. Manyak mıyız neyiz? Kardeş olmanın kendisi zaten manyak bir ilişki biçimi aslında. Aynı rahimde şekil alıp, aynı anne baba tarafından büyütülen yabancılarız çoğumuz. Bebeklikten itibaren en acımasız saldırıları kardeşimize yapmaz mıyız? Herkes alıp başını gidene dek kardeşlerimizle aynı çatı altında sürdürdüğümüz vahşi hayat modeli, yetişkinlerin acımasız dünyasının küçük bir modelidir bir bakıma. Ne kadar idmanlı çıkarsan bu modelden o kadar işine yarar büyüdüğünde. Bu açıdan bakınca hiç fena görünmedi bak gözüme şimdi, Selin'le geçen yıllar. Küçükken, "ölse de tek çocuk olsam" diye dişlerimi sıka sıka dua ettiğim güzel, akıllı, hayırlı evlat ablam, beni bir Amazon olarak hayata saldı.

Dün gece, dışarı çıkalım dedik. Sözde o benim derdimi dinleyecek. Oysa ben, gelecek kara habere yumuşak bir ortam sağlıyorum, haberi yok. Asıl gece gece kendi hayatımı açık etmemek için ne taklalar attığımı bilse çok şaşırır herhâlde. Hadi taklaları geçelim, gerçek hayatımı öğrense... Bu beni hiç korkutmuyor. Sadece güldürüyor. Ben nelerden vazgeçmişim, hangi frekansta yaşıyorum... Onu da öğrenir yakında. Azıcık takla atayım dedim ki Bora ve Nilay şoku üst üste binmesin. Artık uyan bakalım Selin Hanım. Öğlen olacak neredeyse. Yine hayatında bir kriz anı. Yine baş belası Nilay'ın güvenli kollarındasın. Uyan ve öğren. Büyük aşkın Bora öldü. Artık yok. Boğaziçi Sosyoloji'yi derece ile bitiren kardeşin Nilay, birinci sınıf bir eskort. Uyan. Güvenli sularda yasını tut, şokunu geçir. Sonra toparlan git. Bir görev daha sona ersin. Bir başka dalgada görüşmek üzere.

Kütük gibi uyuyorsun be hatun.

Ortanın üstü gelir ve eğitim seviyesinde bir anne babanın ikinci çocuğuyum ben. Anadolu liseleri, akşam sütleri, çalışma masasına dilimlenmiş meyveler, "yatağını bile toplama, yeter ki sen dersini çalış"lar, okul çıkışı dershaneler, eve gelen özel ders öğretmenleri, öğretmene pişirilen kekler, börekler, "istersen en uzak şehre git, yeter ki iyi bir mesleğin olsun, biz katlanırız"lar, "aman gittiğin yerde sağdan soldan uzak dur"-lar, anneden yurda gelen yiyecek kolileri, örgü kazaklar ile büyüdüm ben. Pek tabii ki korunaklı büyütülmüş, uzak bir şehirde kontrollü okutulmuş tüm çocuklar gibi gelişine büyümesi izin verilmemiş, yer yer budanmış, her gün hortumla sulanmış, daha da abartılıp tuhaf oval bir şekil verilmiş bir peyzaj bitkisiydim. Oysa İstanbul, koyu yeşil, sisli bir ormandı. Ladinler, köknarlar, çınarlar, çamlar, söğütler, palmiyeler, hurmalar... Farklı rakım ve enlemden gelmiş ağaçların coşkuyla başlattığı, kan dökerek bitirdiği bir festival gibiydi İstanbul. Kendimi o kadar eğreti hissetmiştim ki ilk yılımda. Bu uluyan ormanda makasla budanmış bir peyzaj çiti olmak yerine, geldiğim iklime uygun bir öbek maki çalısı olmayı bile bin kere yeğlerdim.

Uyum sağlayabilen, esneyebilen, eğilip bükülerek yeni şekiller alabilen, katman katman açılabilen, evrilebilen, değişiyorum derken sadece zaten sahip olduklarını gün yüzüne çıkardığını hayretle fark eden, hayatta kalır. Hayatta kaldım. Bir süre sonra ne hortumla sulanmaya ne de makasla budanmaya ihtiyacım kalmıştı. Kökleri alabildiğine istilacı, dalları alabildiğine sık ve saldırgan, bu zamana kadar bastırılmış tüm vahşi albenisini cevvalce sergileyen, balta girmez, yüksek, yemyeşil bir çalılıktım artık. Tıpkı kıvırcık, kabarık, yeşile boyattığım, uçları omuzlarımdan belime dökülen saçlarım gibi.

Bir yandan da müzikten resme, resimden seramiğe, seramikten edebiyata, edebiyattan yeniden müziğe büyük bir açlıkla saldırıp hiçbirini hazmedemeden, doygunlukla şişkinliğimi ayırt etmekten âciz, üzerine de gaz sancılarıyla uykularım kaçarak kendimi besleyip büyütmeye, yılların entelektüel açığını kapatmaya uğraştım. Nihayetinde tüm çabama rağmen yine de gözleri zekâ ve donanımla parlayan bir yetişkinden öte, kötü beslenmiş, kof bir geç irisine benziyordu ruhum.

Kabuğumdaki asıl yarıklar, iki yıl önce doktoraya başlamama denk gelir. Tezim LGBT dernek üyeleri üzerine bir çalışmaydı. Toplumun hangi kesimlerinden geldikleri, bu köken farklılığının kendi aralarında sebep olduğu sınıflaşma, bu sınıflaşmayı hangi noktalarda göz ardı ettikleri, aileleri ile ilişkileri, ailelerinin köken farkına göre çocuklarına karşı yaklaşım farklılıkları, grubun toplum genelinin tepkileri, tutumları ve etiketleri ile baş etme yöntemleri, stres, depresyon ve kaygı ile baş etme yöntemleri, yardımlaşma ve linç etme kutuplarında heteroseksüellere göre farlılık gösteren tutumları vesaire... Oldukça fazla veri toplamam, sağlam istatistiklere ve kaynaklara dayandırmam, güçlü bir saha araştırması yapmam, içgörümü katmam; farklı bir iş ortaya çıkarmam gerekiyordu. Neden mi? Çünkü Fikret Hoca'ya tapıyordum. Hahaahaa... Normalde bir doktora öğrencisinin, hocasına tapmasına gerek olmadan da akademik kaygılarla zaten tezine şevk ile yumulmasını bekleyen tutum, oldukça saf bir tutumdur. Hiçbir meslek; maddi çıkar, manevi kazanç veya duygusal bir zaaf eşlik etmeden yürütülmez. Akademisyenlik de pek tabii ki buna dâhildir.

Fikret Hoca'nın "Fikret"e dönüşmesi uzun sürmedi. Abayı yaktım. Olur mu olmaz mı diye bir süre kıvrandıktan sonra gemileri de yaktım. O da beni sevsin diye ışıklar, mumlar yaktım. Sevdi. Ama uzun sürmedi. Ben de uzun sürmeyen bir ağıt yaktım. Bitti.

O günleri andığımda, yüzeyde akan ve kısa sürede cılızlaşıp kuruyan nehre bakınca kendi yansımamda gördüğüm bundan ibaret. Bir de kendi yeryüzümün katman katman altında, derine indikçe tüm seslerin birer birer kesildiği bir yerde, hiç gün yüzüne çıkmamış başka seslerin, fısıltıların çağıldadığı bir nehir daha var. Bir yer altı kaynağı. Kimse onu, o da kimseyi görmeden ağır ağır fokur fokur akan, kapkara balçıktan bir nehir. Kimselere varlığından bahsetmediğim, gizli gizli kıyısında oturup gerçekliğiyle sarsıldığım, kendi kara ve ağır varlığından başka hiçbir yansıma göstermeyen, çamurdan bir nehir.

Kara ve ağır bir nehir, kara ve ağır bir nehirdir. Kimseye kendi yansımasını göstermez. Zalimdir. Oyalamaz seni, avutmaz.

Ben o nehre girdim. Tüm bedenimi çamurla kaplayana kadar içinde nefesimi tuttum. Çıktım, kaskatı kesildim. Kuruyan çamur parça parça üzerimden döküldüğünde ortaya çıkan yeni ben, nehirde yansımasını görebilse de artık fark etmezdi. Kendi aksimi tanıyamazdım.

Yüzeyimdeki cılız derenin yansımasında görünen, her ne kadar, "Nilay, hocasıyla oynaştı, bölümü de bıraktı, zaten çatlaktı, yuh! Eskort mu oldu?" ise de benim deneyimim, benim devrimimdir. Gerisi hikâyedir.

Fikret, göz alıcı bir adamdı. Zeki, çok zekiydi. Arızalıydı. Arızası, zekâsına cazibe katardı. Saçtaki bir parmak beyaz, sol kaştaki bir faça gibiydi gelgitleri. Sofrası, muhabbeti dillere destandı. O konuşurken, bilgisi tecrübesini, mantığı sezgisini kıskanırdı. Masadaki tüm adamlar onu, ben de masadaki tüm kadınları kıskanırdım. Beni, uzak diyarlardaki fetihlerinden getirdiği nadide bir ganimet gibi yanında taşır ve dostlarına gururla takdim ederdi. Fikret gibi bir okyanusun, aklından ve zarafetinden övgüyle bahsettiği bu mercan balığı, tüm dikkatleri üzerine çekerdi. Aşktan, övgüden, yüceltilmekten, sarılıp sarmalanmaktan dolayı kalbi duracak ilk kişiydim. Şöyle ki: mutluluktan şiddetle sarsılıyordum.

Sözde okumuş, şehirli kadın tipiyle kıyasıya dalga geçer, hatta bu formatı tiksintiyle eleştirirdi Fikret. Onlara, "marka bombardımanına tutulmuş, kariyer ihtirasıyla kavrulmuş, burnu havada birikimi yerlerde, kendi dişiliğinden ve sahiciliğinden bihaber, derinleşme kabiliyetinden en azından arzusundan bile yoksun, bizim mahallenin beyinsiz, bize özel yobaz karıları" derdi. Evet, kırıcıydı Fikret.

O gece, onun bahçe kapısında gizlice bittiğimde, ertesi gün doğum günüydü. Oğluyla sinemada olacaktı ve ben de bir şekilde aşırdığım bahçe yedek anahtarıyla evine dalacaktım. Hazırlıklarını ne zamandır çalışıp planladığım projeksiyon ve zımbırtılarını, yatak başının üzerindeki kitaplığa itina ile gömecek, hemen oradan sıvışacaktım. Doğum günü sabahı da çoğu sabah yaptığım gibi erkenden gelecektim. Yatakta birlikte bir süre daha vakit geçirip, benim, onun doğum günü için hazırladığım sürpriz çekimleri duvara yansıtıp izleyecektik.

Parmak uçlarıma basarak bahçe kapısından içeri süzüldüm. Pek tabii ki evde olamazdı ama komşu villada barbekü partisi vardı ve insanlar çitlerden taşıyordu. Fark edilmemeliydim.

Karanlık salondan gelen sesleri duyduğumda, bedenimin her yerine iğneler battı. Kapıdan bakma cesareti gösterdiğimde, bizim mahallenin bize özel yobaz karılarından en tanınmış olanı, salonun ortasındaydı. İnliyordu. Fikret hırıldayarak sayıklıyordu: "Müthiş bir kadınsın sen. Tanrıçamsın..." Maruz kaldığım görüntü çok sertti.

Geri geri sekerken koridordaki konsola çarptım. Çıkardığım sese Fikret fırladı. Beni omuzlarımdan sarsmaya başladı. Kontrolsüz el kol hareketleri yapıyor olmalıydım. Bir anda midem yükseldi ve üzerine gürültüyle kustum. Bahçeye çıkmış, gerisin geriye koşuyordum. Fikret beni durduramazdı. Elleri havada, çıplak bir hâlde, gözleri kendi bedeninde, kapıda çivilenmişti.

Sokaktan aşağı doğru çılgın gibi koşmaya devam ettim. Evin yakınına park ettiğim arabam falan umurumda değildi. Koştum, koştum, koştum. Acıdan böğürebilirdim. Oysa ayağım takıldığında, resmen havalanarak uçtuğumda, sağ kulağımın üstüne düştüğümde hiç sesim çıkmadı. "Çat" diye bir ses duydum sadece. Çat. "Çat" dedi, bedenim.

İşinin bittiğini düşünmek çok acayip bir his. Ölüyordum. Karanlık pis bir sokakta, pisi pisine, tek başıma ölüyordum. Olan-olmayan, yaptığım-yapmadığım, söylediğim-söylemediğim, yakın-uzak, eski-yeni bir sürü şey beynimde dönmeye başladı. Fikret, zurnanın son deliğiydi. Ölüyordum yahu. Buraya kadardı. Bir tanecikti ömrüm ve biraz sonra bitiyordu. Ah ne kadar aptaldım! Böyle mi çarçur edilir ömür? Böyle mi hor kullanılır can? "Çat" deyip kaldığım yerde, yanağımın altından yolun eğimine akan pis bir suyun üzerinde yatarken hissediyordum ki birazdan "ben" bitecekti. Hiç var olmamış gibi altımdan akıp giden suya karışıp "ben" gidecekti.

Keskin bir far ışığı, sert bir fren, bana doğru hamle yapan iki çift erkek bacağı, başucumda telaşlı, kararsız diyaloglar, ambulans, hastane kokusu, kafa muayene, kafa filmi, kafa travması... Kafa mı buluyorsunuz benimle? Kurtardınız mı beni şimdi? Niye ki? "Kurtarın beni" diye bağırsam duyan olmazdı. Eminim.

Gözlerimi açtığımda Efsun'u, göz hizamda, hem şişirdiği balonu patlatırken hem de gözyaşı dökerken buldum. Aynı anda hem sakız çiğneyip hem de ağlayabiliyordu. Bunu not ettim.

Cep telefonumdan, son görüştüğüm kişiyi aramışlardı. Hemen gelmişti Efsun. Doktora tezimle ilgili kıyasıya bir mücadele sonucunda benimle konuşmayı kabul eden, kabul ettikten sonra da o kadar kök söktüren kendisi değilmiş gibi, beni neredeyse içine sokacak kadar çok seven eskort kız Efsun. Tesadüfen bir yakınımı değil de onu çağırmış olmalarına sevindim. Kimseyi görmek istemiyordum. Hemen cep telefonumu istedim. Elime alır almaz da tamamen kapattım.

Daha sonrasında pek tabii ki Efsun, beni bir yere bırakmadı. Evine götürdü. Benimse çok işime geldi. On dakika arayla ruhsal ve fiziksel iki travma geçirmiştim. Tek istediğim, bir süre ortadan kaybolmak ve kuytu bir yerde bir kedi gibi, yaralarımı yalamaktı.

Efsun. Efsun'un efsunlu evi. O evde geçirdiğim sekiz gün. Kendimi ağlaya ağlaya yeniden inşa edişim... Ben hiç durmadan konuşurken, bağırırken, muhatapsız sorular sorarken, gözleri fal taşı gibi açık beni izleyen Efsun... Nilay'ın sekiz günü. Ahahahaa! Zavallı Efsun'a kısmetmiş.

Öğrendim ki keskin bir aşk acısı ve beklenmedik bir "son anlarım" deneyimi bir araya geldiğinde güçlü bir katalizör oluşuyor. Düşüncelerin ve duyguların arasında, zihnin ve yaşam durumun arasında, ahlak anlayışın ve uygulayışın arasında, dürtülerin ve savunma mekanizmaların arasında, sen ve diğerleri arasında, toplum ve kuralları arasında, tüm öğretilmiş tanımlar ve amaçları arasında şimşek gibi dans eden, cüretkâr bir katalizör. Dev yarıklar açılıyor; bir değerler silsilesi gibi gördüğün, aslında "kaybolmuş" o adamın sana atfettiği değerin anlamsızlığı ile sadece varoluşunun görkemi arasında. Dev yarıklar açılıyor bin yıllardır insanlığın tanımladığı ve güdümlediği doğru yaşam ilkeleri ile sonunun geldiğini düşündüğün an beliren o "saf yaşam hâli"nin ilkesizliği arasında.

Büyük katalizör. Büyük tepkime. Bir zihnin kıyameti. Sekiz gün sonra, istesem de başka türlü düşünemiyordum. Her şey çok saçmaydı. Çalışmak, kariyer yapmak, kendini geliştirmek, ahlaklı olmak, iyi insan olmak, birine bağlanmak, onunla bütünleşmecilik oynamak... Hepsi bin yıllık saçmalıklar... İnsanlığın, uçsuz bucaksız demirden bir set gibi ördüğü, kendi kendini ardına hapsettiği parmaklıklar. Deneyimlediğim o hissi unutmam mümkün değil. Yüksek doz acı ve çaresizlik bedenime yayıldıktan sonra, bir an için bile olsa o "saf yaşam hâli"nin görkemini genzimde hissetmiştim ben. İnsan yapımı tüm tanımlardan, tüm kodlamalardan, tüm öğretilerden uzak. O hisse uzanan tek koridor, "seyreltilmemiş saf isyan" belki de. Tüm ikili ya da çoklu ilişki ilkelerine, örüntülere, toplumsal kural ve gelenek katmanlarına, alayına isyan! Tüm zihin ürünü parmaklıklardan uzak "saf yaşam hâli". Namıdiğer; "yaşa gitsin!"

Sonra, Efsun grip oldu. Bildiğin sümüklü, öksürüklü, kas ağrılı grip. İki gün içerisinde bir iş adamıyla yurt dışına çıkması gerekiyordu. Aracısıyla telefonda tartışıyordu. Sesi, hastalıktan dolayı o kadar zayıf ve çatallıydı ki tartıştığı söylenemezdi aslında. "Başlatma hastalığından" diyordu aracı, "sıkı para alacaksın". "Beni zor duruma sokma" diyordu. Kararlı bir hareketle kaptım telefonu Efsun'un elinden. "Ben giderim." dedim. "Sen kimsin, manyak mısın?" dedi aracı. Durdum. Sonra, "evet" dedim. "Merhaba, ben manyak."

Bundan sonra hayatta tek istediğim, kabul görmeyen ne varsa onun peşinden gitmekti. İlgimi çekenler, çoğunluğun ayıpladıkları; tek yapmak istediğim, tam o an ne istiyorsam onu yapmaktı. Karanlık bir sokakta, yolun eğimine akan pis bir su birikintisinin üzerinde sağ yanağımın üzerinde yatarken genzimde bir an için hissettiğim o "saf yaşam hâli"ni, o yüce toplum normları içinde arayacak değildim. Kendi yeraltımda fokur fokur akan o çamur nehrinden çıktım. Üstümü başımı temizledim. Döndüm, aksimi görebilecek miyim diye son bir kez daha baktım, o karanlık nehre. Yine göremedim. Omzumu silktim. "Siktir ol" dedim, nehre.

Efsun'u ve aracısını razı etmem, iş adamından onay almamız, benim ikna yeteneğim ve esrik kararlılığım sayesinde uzun sürmedi.

Bak ama çıktığım ilk işe ben bile hayret ettim. Öyle kart bir zamparayla bir tıp kongresi için Berlin'e gitmiyordum. 39 yaşında, genç ve eğitimli bir adamla Tanzanya'nın Zanzibar Adası'na gidiyordum. Benim manyak bir doktora öğrencisi olduğumu ve ilk defa böyle bir işe kalkıştığımı bilmiyordu tabii. Sözde, deneyimli bir eskorttum ben.

Enteresan bir tipti adam. Alanında tanınmış bir okulun fakültesinden mezundu. Güzel bir yaştı 39. İyi para kazanıyordu. Bekârdı. Öteden beri Freddy Mercury hayranıydı. Onun doğduğu evi de görmek bahanesiyle Zanzibar'a gidiyordu. Bir eskortla! Bu ne hazin bir yalnızlık! Ey yeri göğü, kurdu kuşu yaratan! Biraz muhabbeti koyduktan ve epey de içtikten sonra, tatilin de üçüncü günüydü, dalga geçmiştim adamla, biraz da ayıp ederek. "Yahu senin," demiştim, "hiç, 'hadi kalk gidelim Zanzibar'a' diyebileceğin bir kız arkadaşın, arada takıldığın biri falan yok mu? Para ödüyorsun bir eskorta, bu romantik ve fantastik tatil için. Hadi öyle sıra dışı bir seks arayışın falan olsaydı, e ama bunun karşılığını ödemek lazım tabii canım, derdim de misyoner pozisyon yatıp enseye tokat kalkıyoruz yahu!"

Adaya yerleşmiş İsveçli bir çiftin, tahta baraka barında eşek gibi içiyorduk. Sahil şeridi "yeni bir anlayış boyutunun sınırı" gibiydi. Kumsaldan turkuaz dalgalara ayaklarını soksan başka bir boyuta geçecektin sanki. "Gel gel" diyordu sahili döven koca ağızlı dalgalar. Geri çekilirken de "gelemezsin ki" diye gülüyorlardı. Böylesine ürkütücü ve böylesine göz alıcı bir sahil, hayatımda görmemiştim. Bir süre sustu adam. Gözlerimin içine dik dik bakarak, söylediklerime kızmayarak ama hak da vermeyerek baktı. Sonra şöyle dedi: "Nehre düşmek istemiyorsan, kıyısında gezmeyi bırakmalısın, bu kadar basit." Ayak parmaklarımın arasından kum akıtıyordum ben o sırada. Biram döküldü yere sonra biraz. Kumla bira karıştı. Ayaklarım da çamur oldu biraz. Kim ya da kimler bu kadar canını acıtmıştı bu güzel adamın?

Şimdi düşünüyorum da ikimiz de tek tabancalık yemini etmemiş olsak, acayip kafa bir çift olurmuşuz. Ama eşyanın tabiatına tersti bu, -ki eşya burada biz oluyoruz- hâl ve duruşumuza tersti. İkimiz de benim bu ilk işimi, bu adil alışverişi, neredeyse el sıkışarak noktaladık.

Kulaktan kulağa ünüm yayıldı. Bir eskort vardı. Öyle böyle değildi. Aracısı falan yoktu. Çok güzeldi ama derebeyi gibi kadındı. Ters bir hareketin olsun, yedi sülaleni benzetirdi. Çok zeki ve eğlenceliydi. Ağzın açık seyrederdin onu. Müşterisini seçerdi. "Hayır" dediyse sana, şansın yoktu. Öte yandan şefkatliydi de. Diyelim, her anlamda senden üstünse bile, bunu sana hissettirmezdi. Paranın karşılığını mutlaka iyi vakit geçirerek alırdın. Alışverişte dürüstlük ve adalet, kesinlikle belki de tek saygı duyduğu şeydi.

Bir şehir efsanesiyim artık. Deli para kazanıyorum.

Tarif edilmez bir iç huzuru ile yaşıyorum. İnsanlar, beni öteden beri tanıyan kadınlar ve erkekler, bana şaşırdıkça, benden iğrendikçe, bana acıdıkça, bana kızdıkça, iç huzurum ve mutluluk hâlim bundan hiç etkilenmiyor. Saydam bir bariyer var aramızda artık, görmüyorlar. Onlar, değerleri, ilkeleri, amaçları, inançları, korkuları, saydam bariyerin bir tarafında. Ben, diğer tarafta. Ne anlatayım... Kitaplar dolusu anlatsam anlayamazlar. Hissetmeleri lazım. Ben onlara hissettiremem.

Şimdi bu Selin var ya, horul horul uyuyan... Dün gece onu oyalamak için götürdüğüm barda Fikret'i gördüm ben. Onca zaman sonra ilk defa. Yanında yeni bir mercan balığıyla. Biraz Japon balığı gibi miydi yoksa? Çok hayalini kurmuştum, onunla bir kez daha nasıl karşılaşacağımızın... Zehir gibi güzel görünüyor olacaktım. Tam yanından sürtünür gibi geçecektim ve zarif adımlarla uzaklaşırken, dirseğim onun göz hizasındayken, bir an için sağ elimin orta parmağını gösterecektim ona. Ne acıklı bir hayal. Ne çocuksu bir pansuman. Gerçeği ise, şu şekilde gerçekleşti. Hem o gece Selin'in yanındayken bir müşterim tanımasın diye hem de "aman yetti ya her gece süs püs makyaj" modunda olduğum için, gözümde numaralı lenslerim yerine şişe dibi gözlüklerim vardı. Makyajsızdım. Saçlarım "az sonra temizliğe başlıyorum" modelindeydi. Spor ayakkabılı ve Kurt Cobain hırkalıydım. Ama dişi bir Kurt Cobain'den çok, dershaneye gitmek üzere evden çıkan bir orta sınıf kız çocuğuna benziyordum. Sigara içmek için barın giriş kapısına çıkmıştım. Hemen bitişikte canlı Balkan müziği yapan mekâna giriyordu Fikret ve Japon balığı. Ağzı hafif aralık bakakaldı bana, içeri girerken. Duyduğu üzere efsane bir eskort olan eski öğrencisi ve eski sevgilisi Nilay, hiç kafasında canlandırdığı gibi çıkmamıştı bu gece İstanbul'da karşısına. Deliydi bu kız gerçekten, kaçıktı. Şefkatle selam verdim ona. Deliydim gerçekten, kaçıktım.

Bir süre sonra kalktık mekândan Selin'le ve o tuhaf olay oldu. Çıkışta bir ayyaş yaklaştı yanımıza, para istedi. Vale için hazırladığım parayı eline tutuşturdum. Gözleri genç, bakışları yaşlı bir adamdı. Bunu hatırlıyorum. Sonra Selin'e de elini uzattı, belli bir mesafeden. Ondan da dilendi. Selin, çantasını karıştırdı ve ayyaşa gülümseyerek, yemin ederim, şöyle dedi, "üzerimde hiç para yok, sadece kredi kartı, ama ben de sana mesela sarılabilirim." Ve ağzı açık donakalmış ayyaşın cevap vermesini beklemeden kucakladı onu Selin. Selin! Aykırı Kız Kardeşler Dernek Başkanı Selin. Ne demeye sarılırsın leş gibi kokan ayyaşa!

Arabamı getiren valeye doğru seğirtirken, ayyaş, Selin'in kollarında hıçkıra hıçkıra ağlıyordu ya da sarsılarak gülüyordu. Yok, ağlıyordu, kesin.

HİKMET/AYYAŞ

Sessiz ol. Çok sessiz. Dikkatle kendi içine bak. Kendi kendini aşağı çekmekten, engellemekten, yormaktan beslendiğini göreceksin. Şaşıracaksın. Şaşır. Bu iyidir.

İç Anadolu'da bir ilçede doğmuşum ben. Ne ilçenin önemi var ne bağlı olduğu ilin. Şu korkunç sıkıcı, toprağı da insanı da verimsiz ilçelerden biri. Otobüsle veya arabayla içinden geçerken "buralarda da insanlar nasıl yaşıyor be" diye pencereden bakıp, arabanın göğsünü veya ön koltuğun arkasına tasarlanmış bardak koyma aparatını bile daha eğlenceli bulduğun ilçelerden biri. Topu topu bir yaşıma kadar yaşamışım neyse ki bu korkunç sıkıcı ilçede. Daha coşkulu bir hayatım olsun istemiş olsalar gerek ki babam, annemi öldürmüş, içeri girmiş, beni ve yedi yaşındaki ablamı da daha eğlenceli bir şehirde çocuk yurduna yerleştirmiş birileri.

On sekiz yaşıma kadar yurtta yaşadım. Bir devlet ne kadar anne baba olabilirse o kadar anne baba oldu bana. Liseyi de bitirdim yurttayken. Ama kendimi bildiğimden beri hep bir tuhaftım. Hiç yuva ziyaret etmemişlere anlatılır ya, "gittin mi hepsi etrafını sarar, her gelene 'anne' der, sarılmak isterler" diye. O doğrudur bak. Bütün çocuklar bağrış çağrış ziyaretçilerin üzerine atılırdı. Ben kıpırdamazdım. Kimseyle temas etmek istemezdim. Kimse de bana temas etmesindi. Banyo zamanı hep olay olurdu. Kıyameti kopartırdım, "dokunmayın, kendim yıkanacağım" derdim. Ben bağırdıkça daha çok dayak yerdim. Dayak yedikçe daha çok bağırırdım. Canımın acımasını falan umursamazdım. Bana dokunulmasından dehşete düşerdim, daha el kadar küçükken bile. O zamanlar daha kim olduğumu bilmediğim hâlde, ailemin hikâyesini duymadığım hâlde. Bu kendime dokundurtmama huyum, ömrüm boyunca başıma dert oldu.

On sekiz yaşımda, yurttan paketlendim hâliyle. Dımdızlak ortada kaldım. Ablamı bulmak istedim. Benden altı yıl önce yurttan ayrılmıştı. Ve beni bir daha hiç aramamıştı. Yurttayken de kaçardı benden. Vebalıymışım gibi. Annemi ben öldürmüşüm gibi, babamı içeri ben tıktırmışım gibi, bizi yurda ben yerleştirmişim gibi. Ben diğer herkesten kaçardım. Ablam da benden kaçardı.

Memlekette kalmışsa bizi tanıyan uzak akraba, önce onları bulayım dedim. Belki ablam da memlekete dönmüştü. Dönmemişse de sorar izini bulurdum. Böylece, kendimi hayatımda ikinci ve son kez olarak doğduğum o karabasan ilçede buldum. Bağırlarına basmalarını beklemesem de bir güler yüz bekliyordum. Aksine, ekşi, kokuşmuş suratlarla karşılandım. Nereden geldiysem oraya dönmeliydim. O babamın da Allah belasını versindi zaten. Ablamı da İstanbul'da diye duymuşlardı. Evlenmişmiş. Eyvallah, dedim. Sıkıntıdan çatlayın, kendi pisliğinizde yarılın burada inşallah. Bunu düşündüm sadece, demedim.

Annesi onu dövdükten sonra yine "anne" diye ağlayan bir çocuk gibi ablamı arıyordum. Ona sor, bunu ara, Çengelköy'de buldum onu. İki yaşlarında bir kızı vardı eteğinde, kapıyı açtığı gibi suratıma çarptığında. "Yapma abla" dedim. "Ben sana ne yaptım? Bir şey istemiyorum senden. Az konuşalım. Sonra yine giderim. Arada ararız birbirimizi o kadar." Ablam, krize girmiş gibi ağlıyordu kapının arkasında. "Git buradan!" diye bağırıyordu. Kızı da ağlıyordu. Anası ağlıyor diye herhâlde. Gittim.

İki üç gün dolandım evinin çevresinde. Bu arada hep açım. Ama konu bu değil şimdi. Yurttan çıkmış sokaklara düşmüş öksüzün hikâyesi değil bu. Sonra baktım, korsan taksici bir kocası var bunun. Eniştedir bir yerde, ona derdimi anlatayım dedim. Kestim adamın yolunu bir gece. Suratı kireç gibi oldu kendimi tanıtınca. "Lan," dedi, "Filiz kafayı yedi sen uğradığından beri! Git buradan!" "Ben de yiyeceğim kafayı yakında, ne yaptım abi ben ona?" dedim. İyi gelmiyormuşum ablama. Öyleymiş işte. Beni görünce hasta oluyormuş. Onu unutacakmışım, defolup gidecekmişim.

Delirecektim. Nefret de etsem, sert de olsa, gri, kurallı, mesafeli de olsa, bir devletten çatım vardı başımın üstünde. On sekiz yaşımı bitirdiğimde, kaldırım kenarında sevgi dilenirken tekmelenen köpek yavrusuna dönmüştüm. Yatıp kalktığım yerler pek tekin değildi. Hayatta kalabilmek için ya ot maşası olacaktım ya hırsız. Yusuf'la tanıştığımda herhangi bir belaya bulaşmama az kalmıştı. Kâğıt toplama işindeydi Yusuf, Diyarbakır Sur'dan göç etmiş bir ailenin dördüncü çocuğuydu. Beni de kattı peşine. Korudu kolladı. Hakkını hiç ödeyemem. Sayesinde karnım doydu. Suça bulaşmadım. "Senin ailen yok, benim var, ne değişmiş, tipimize bak lan, aynı çorbanın meyanesiyiz." der gülerdi, enseme şaplağı indirirken. Yusufların gecekondusundan bayır yukarı tırmanıp, geceleri sekiz on oğlan, ateş yaktığımız bir tepe vardı. Leş tepe derdik. Çöplüğe bakardı.

Bir gece, daha önce görmediğim bir oğlan peydahlandı ateş başında. Tekinsiz bir tipti. Adımı, memleketimi, yurt çocuğu olduğumu öğrenince dikti mi bu, gözlerini üzerime. Aynı memleketli çıktık. Pis herif. Tahmin etmeliydim. Aynı benim hemşehriler gibi çakal duruşluydu. Atladım tabii üzerine. Ailem ve olanlar hakkında en ufak bilgiye razıydım.

Bülbül gibi öttü oğlan. Meğer tüm ilçenin her ayrıntısıyla bildiği, kulaktan kulağa yaşattığı bir aile felaketiymişiz biz. Aile eğlencesi diyelim. Felaket, bizim felaketimiz. Çakallara eğlence olmuşuz. Bir ana ile iki bebenin felaketi, adamları, taş çatlatan sıkıcılıktaki bozkır hayatlarına şükrettirmiş.

Bakın kafadan dalacağım konuya, kıyısından köşesinden dolanırsam asla anlatamam. Babam demeye dilimin varmadığı mahluk, 7 yaşında yurda verilen ablama, neredeyse yürümeye başladığından beri, hiçbir ümmetin kitabına sığmaz şeyler yapmış. Annem çok dayak yermiş. Gidecek yeri yokmuş. Bu mahlukun çatısı altında, zaten yarım olan aklı da gitmiş. Senelerce konuşmamış. Bazen anlamsız sesler çıkarırmış o kadar. Mahluk, annemi öldürdüğü gün, bu sefer bir yaşındaki beni geçirmiş eline, yedi yaşındaki ablamın gözleri önünde bana "dokunmuş". Annem, üçümüzü bir odada o hâlde görünce cinnet getirmiş. Yıllardır sesi duyulmayan kadın, bir gayretle hayata dönmüş. Mutfaktan kaptığı et bıçağıyla babama saldırmış. Gücü yetmemiş garibanın. Babam, bıçağı elinden kaptığı gibi annemi öldürmüş. Senelerdir susan, çakal ilçemizin çakal mahallesinde yaşayan çakal komşularımız, iş polislik olunca ıkına sıkına, yarım ağız "ah pek bir acırdık garipçiklere" demişler ardımızdan. Bu vicdansızlar, düpedüz yalandan bir patırtıyla annemin cenazesini omuzlayıp, velveleyle gömmüşler. Devlet de ablamla beni sırtladığı gibi götürmüş. Artık çok geç olsa da götürmüş. Ondan sonra ablam benden hep kaçsa da götürmüş.

Öğrendim öğreneceğimi ve bir daha iflah olmadım. Nar ağacında bir nardım. Silkelediler dalımı. Yere düştüm. Göbeğimden çatladım. Yarıldı karnım. Kıpkırmızı tanelerim saçıldı her yere. Kuşlar yesin artık beni.

Yusuf çok uğraştı, parçalarımı yeniden bir araya getirebilmek için. İtti kaktı beni, her akşam onunla işe çıkayım diye. İtti kaktı, derken, mecaz anlamda. Çünkü kendime dokundurtmama hastalığım iyice azıtmıştı. Ezkaza yolda birinin omzu çarpsa, kasılıp krize giriyordum artık.

Tuhaf tuhaf rüyalar görüyordum. Babam, damarımda kan olmuş, bütün vücudumu geziyordu. Kendimi parçalıyordum, kanımı akıtıp ondan kurtulabilmek için. Tüm duvarlar ayna oluyordu rüyamda. Gözlerim, annemin gözleri olmuş. Annemin gözleri dehşet içinde bakıyordu aynalara, göz yuvalarımdan. Kapatıyordum gözlerimi, geri açılıyordu göz kapaklarım. Annemin göz yuvarlakları dehşetle bakıyor aynalara, bakıyor, bakıyor. Gözlerimi oyuyordum. Sonra ablam girdi defalarca aynı sahne ile rüyama. Oturuyor bir iskemlede, karşısında ben. Elleriyle kapatmış yüzünü, bana bakmıyor. Bak bana, diye yalvarıyorum. Küçüğüm, diz çöküyorum önünde. O da küçük. Bakmıyor. Sonra zorla söküyorum ellerini yüzünden. İrkilerek ayağa kalkıyorum. Yüzü, benim yüzüm olmuş.

Gündüzlerim de kâbustan farksızdı artık. Hep onları düşünüyordum. Ağzımı açıp konuştuğumda acaba o mahluk gibi mi çıkıyordu sesim? Mimiklerim benziyor muydu? Yürüyüşüm en azından onun gibidir kesin. Annemin âcizliği, erken çöküşü yok muydu bende de işte! Delirir miydim yakında onun gibi? Öyle bir azap ki Allah, düşmanımın başına vermesin. Pislik, damarlarında akıyor. Mahlukun zerresinden yaratılmışsın. Âciz ananın rahminde uyumuşsun. Tırnakların, o mahlukun tırnaklarına benziyor. Ellerini görüyorsun her gün. Sesin, o gariban ananın ünlemiyle çıkıyor, biri sana yanlışlıkla dokunduysa eğer. Sol kolum zalim, sağ kolum kurban. Sol ayağım zalim. Sağ ayağım kurban. Tekmili birden her uzvum, zalimin elini öpen bir kurban. Allah beni kahretsin. Yok etsin. Hiç etsin.

Kâbuslar ve düşüncelerim o kadar acı vermeye başladı ki nefes alamaz hâle geldim. Allah, düşmanımın başına vermesin. İçmeye, çok içmeye başladım. Uyuşmak, sonsuza dek uyuşmak, bir uzun rahat uyuyabilmek için. Yusuf'la işe çıkmam gerekiyordu, hayatta kalabilmem için. Bense en ucuzundan, en berbat ne varsa bulup içiyordum, hayattan mümkün olduğunca uzak durabilmek için. İşler iyi gitmedi tabii ya da tam istediğim gibi gitti. Yusuf da ümidi kesti benden. Onu o kadar çıldırttım ki "siktir ol, ne hâlin varsa gör" dedi bir gece, parkta üstünde uyuduğum mukavvayı tekmeleyip. Anlayışlıydı son ana kadar, beni değil, mukavvayı tekmeledi. Sonrası; İstanbul'un parklarında, bankamatiklerinde, terk edilmiş inşaatlarında konaklama. Sonrası; tinercilerle, evsizlerle, Çingenelerle, translarla, köpek sürüleriyle, farelerle yârenlik. Sonrası; polisiyle, siviliyle, iti kopuğu, sapığı, otçusu, ota boka maydanozcusuyla köşe kapmaca.

Malum takıntımla sokaklarda tek başıma içip sızmam, her an yeni bir kriz riskiydi benim için. "Kalk oğlum, burada yatma" diye omzuma dokunan müşfik amcaya da avazım çıktığı kadar bağırıyordum, "sigara ver lan" diye dürten tinerciyi de sopayla kovalıyordum.

Bir gece, öldüresiye dövüldüm. Yine Çengelköy'de dolanıyordum. Ablamın evinin çevresinde dolandığımın yarı farkındaydım yarı değildim. Tam olarak niye ve kimler tarafından dövüldüğümü hâlâ hatırlamıyorum. Boyacı dükkânı gibi bir yerin kapısında sızmıştım. Kokulardan hatırlıyorum, dükkânın boyacı olduğunu. Ya kalk dediler ya bir şey istediler ya sataştılar ya merhamet ettiler, bilmiyorum. Bunlardan birini yaparken illaki dokunmuşlardır bana. Ben de zıvanadan çıkmışımdır. Neyse. Dayak, benim için çok acayip bir şey. Dayak yerken canımın acıması işime bile geliyor. Vurdukları yer acısın ki dokunulmanın verdiği korkunç ıstırabı daha az hissedeyim.

Söylene söylene tepemden uzaklaştıklarında, bir süre, ölü gibi yattım. Ama kalkmak zorundaydım. Benden kalanları kaldırımdan kazımak için geri gelebilirlerdi. Güvende değildim. Bir gayretle sürünmeye başladım. İki sokak keserek uzaklaştım. Gücüm tükendiğinde, bir marangozhanenin önünde yığılıp kaldım. Bayılmış da olabilirim.

Ayıldığımda, saçı beyaz, sakalı siyah bir adam, toz talaş dolu bir marangozhanede, iskemleye oturmuş, sırtını bir tezgâha dayamış, bacaklarını bana doğru uzatmış, çay içiyordu.

Sıçradım yattığım yerden. Acıyla kıvranıp geri düştüm tabii. Üzerime doğru eğildi adam. "Dokunmayacaksın bana değil mi dayı?" demişim. "Estağfurullah oğlum, ne diye dokunayım sana!" dedi. Yanlış anlamıştı beni. İrkilmişti. Uzatmadı ama. "Dayı değil, dede de bana. Arif Dede. Deden olacak yaşta değilim ama öyle derler bana. Alıştım ben de. Dur, önce yüzünü gözünü temizleyelim."

İyiler de var dünyada. Katıksız iyiler. Duruyorlar öyle, hiçbir şey yapmadan. Sadece "iyi olarak" duruyorlar. Kıpırtısız. İşte, onların her biri, bir başına, bin kötüye denk geliyor olmalı. Öyle değil mi?

Arif Dede, bıraktı beni, uzun uzun uyudum. Dokunmadan yıkadı beni, giydirdi. Yedirdi zorla. Yeniden uyuttu bir kez daha. Otlar kaynattı, içirdi. Yeniden yıkadı. Yeniden uyuttu. Bunları yaparken sakinleştirdi beni usul usul. Sanki asırlarca sürdü bedenimi iyileştirmesi. Bir asır daha sürse yine uslu durur, boyun eğerdim ona. Kaynayan ot sesi, başımdan aşağı dökülen bir maşrapa suyun sesi, çıtır çıtır ateşin sesi... O marangozhanenin arka odasında birkaç gün gördüğüm katıksız merhameti, ben ömrüm boyunca hiç görmedim. Nice analı babalı ev kuzuları da görmemiştir bence.

Bunca merhamet banyosu, dilimi çözdü. Başımdan geçen her şeyi anlattım ona. O, hiçbir şey sormadan bakmıştı bana üstelik. Birazdan beni götürmeye gelecekler de anlatamadan gidecekmişim gibi nefessiz anlattım. Ağladım. Anlattım. Ağladım. Anlattım.

İşte o vakit sıra, ruhumun tedavisine gelmiş olmalı ki Arif Dede, benimle uzun uzun konuşmaya başladı. Söylediklerini dinliyordum dinlemesine de çoğunu anlamıyordum. Hemen sözünü kesip itiraz ediyordum. O bana hiç kızmıyordu. "Düşüncelerimi durduramıyorum. Hep aynı kötü şeyler dönüyor aklımda." diyordum. O, bana: "Sen, düşüncelerin değilsin oğlum. Evrenin bütün düşünceleri evrene ait. Aklımıza uğrar uğrar giderler. Seyret düşüncelerini. Gelişlerini ve de gidişlerini seyret." diyordu. "Yüreğimin üzerinde korkunç bir acı var, kurtulamıyorum ondan." diyordum. "Kurtulmaya çalışma acından. Olduğu gibi hoş gör. Kabul et onu. Sana ne anlatmak istiyor duymaya çalış. Feveran etme ki acının sesini duyabilesin." diyordu.

Büyük bir minnet duymasam, neredeyse çekip gidecektim. O usul usul konuştukça ben bir sakinleşiyor, bir delirecek gibi oluyordum. Minnetim dışında bir şey daha vardı tabii orada kalmama sebep. Gidecek yerim yoktu. Beni, bu marangoz dededen başka, olduğum gibi kabul edip el uzatacak kimsem yoktu.

"O mahluk," dedim, "beni soyuyla damgalamış. Benden insan olur mu? İblisin oğluyum ben. Hem kurbanım. Hem zalim."

"Her an her şey, tam olması gerektiği gibi olur. Sana olanlar, senin kıymetlindir." dedi Arif Dede.

"Deli misin sen dede?" dedim. "Kurbanım ben. Hayata 10-0 yenik başlamış bir kurban. Aklın alıyor mu ettiğin lafları?"

"Kendini kurban bilmeyi seçmişsin. Seçme! Seçmezsen, kurban değilsin. Seçimlerinin altına saklanmış yatan o aç hayvana ver dikkatini. Bak göreceksin o zaman, yaptığın seçimlerle içinde kimi beslediğini. Kendine acıyarak, kendini aşağılayarak beslenen bir Hikmet var içinde. Ayrıl. Kop ondan."

"Arif Dede, güzel dedem, gözünü seveyim üzme beni. Sen görmüyorsan şu hayatta uğradığım haksızlıkları, Allah görüyor! Allah görüyor diye ben ona da kızgınım biliyor musun? Bir Yaratan neden ayırır kullarını? Neden günahsız bebeklere zulümleri hak görür?"

"Oğlum, hikmetli oğlum, sana bir sır vereyim mi? Tanrı, başımıza gelenlerle uğraşmaz. Çünkü başımıza gelenler, gerçek değil. Biz gerçek değiliz. Tek gerçek var, o da Tanrı. Biz gerçekte Tanrı'nın kucağında uyuyor ve yaşamak sandığımız bir rüya görüyoruz. O ise, başımızı okşayarak uyanmamızı bekliyor."

Daha fazla dayanamadım. Oradan gitmek istedim. Marangoz kılığında bir âlim miydi Arif Dede, yoksa âlim kılığında bir deli mi? Benim yüküm bana yeterdi. Ertesi sabah, utana sıkıla, "hakkını helal et, çok emeğin geçti bana, ben gidiyorum" dedim. Nereye gittiğimi de bilmiyordum ya, tek istediğim, içmek, yine çok içmekti.

"Gitme" demedi. Beni delirtmesine rağmen iyiydi o, sadece iyiydi. Hiçbir şeye direnç göstermeden sadece "iyi" olan iyilerden. Elini öpmek isterdim öpebilseydim. "Helal olsun. Hep helaldi zaten. Benden rızkın varmış ki benim kapımda tükendin." dedi. Bir de dedi ki: "Ben senin etini kazıdım. Etinde çukurlar açtım. O çukurlara tohumlar ektim. Günü gelince bir yağmur yağacak. O tohumlar yeşerecek. Ne zaman bilmem. Ama o tohumlar, gün yüzü görecek. O zaman, dediklerimi anlayacaksın. O gün gelene kadar, ektiğim tohumları bağrında koru e mi?"

Yeniden sokaklara, yeniden bataklığa, yeniden deli gibi içmeye, içebilmek için dilenmeye döndüm. Bu yaptığımı ben de anlamıyordum. İnsan olabilirdim, adam olabilirdim Arif Dede'nin yanında. "Çırak ol yanımda, iş öğreteyim sana." bile demişti. İçimden sadece kaçmak gelmişti.

Aylarca her pisliğe bulaştım. Benim durumumda birinin, para kazanmaktan, insan içine karışmaktan kaçınarak alkole ulaşması kolay değildi.

Ta ki o geceye kadar. Süleyman Sokak'taki bir barın önünde dilendiğim geceye kadar. Bardan çıkan iki kadına yanaştım. Tökezlememeye, ağzımın kokusunu duyurmamak için başımı öne eğmeye gayret ettim. Kendimi acındırmalı ama iğrendirmemeliydim. Öndeki kadınla bir an göz göze geldik sadece. Avucuma yirmi lira tutuşturup uzaklaştı. Kolay oldu. Arkadaki kadın, bana baktı, çantasını karıştırdı da karıştırdı. Sonra o acayip şey oldu. Ben, "bozuğum kalmamış" deyip oradan ayrılmasını beklerken, o, güneş gibi gülümsedi bana. "Bak hiç bozuk kalmamış ama ben de sana sarılabilirim" gibi bir şey dedi. Dondum kaldım. Dilim tutuldu. O kadar güzeldi ki. Hayır, güzel kadındı diye değil... Üç beş çocuk top peşinde koşar koşar, kan tere batar, sonra kana kana su içer, yerlerde yuvarlanır kahkahalarla gülersin ya boktan bir şeye, öyle güzeldi. İlkokula giderken ben, analı babalı çocuklar, evden kek getirirdi, mis gibi kokardı. Öyle güzeldi. Arif Dede'nin fokur fokur kaynattığı ot çayları, şırıl şırıl başımdan döktüğü ılık sular gibi güzeldi. Bir kâbustan uyanır "oh be rüyaymış" dersin ya, öyle güzeldi. Sarıldı bana sımsıkı. İçime aktı. İçimden geçti. Döndü yine aktı. Bir girdap gibi sardı beni. Dibe çeken değil, göğe yükselten bir girdap. Dünya durdu. Çok sarsıldım kollarında. Çok da ağladım. Sevinçten ağladım. İlk defa yaşamaktı benim için, ilk defa birine sarılmak.

Arif Dede'm, güzel dedem, dediğin yağmurlar yağdı. Ben ağladım sevinçten. Yeşerdi senin tohumlar. Atmamıştım onları, saklamıştım bağrımda, senin hatırın için. Deli değilsin sen. Güzelsin sen. Delilik, geriye kalan her şey. Delilik, insanın kendi kendine ettiği zulüm. Rüyadan uyanmak marifet değil. Elbet hepimiz bir gün uyanacağız. Aslolan "rüyayı bilmek". Dönsem, af dilesem senden? Çırak dursam yanında bir ömür boyu... Bu sefer ellerini de öpebilirim bence.

FÜSUN/OLMAZ İŞLER

Hatıralarınıza güvenmeyiniz. Hatıralarınızın kabuğu olan hafızanıza da. Hafızanızın kabuğu zihninize de güvenmeyiniz. Zira hiçbiri aynı kalmaz. Hatta hiç durmadan yenilenir. Ve ne hazindir ki biz, bunların hepsinin evrilip yenilendiğine, bilinç seviyesinde vâkıf olamayız. Hatıralarımızı aynı şekilde koruduğumuzu sanırız. Sürekli evrilen zihnimizin, geçmişe baktığı "an" gördüğü, aslında, hatıralarımızın en son sürümüdür. Ne geçmişteki kendimize ne de geçmişte yaşananlara hâkim olabiliriz artık.

Hâl böyleyken; intikam, soğuk yenen bir yemek falan değildir. İntikam, bugünkü sen dünkü kendine yemek ısmarlamaya çalışırken, yarınki senin "dün yediğimi bile hatırlamıyorum" deme ihtimali gibi bir şeydir. Yani olmaz işler.

Annem ve babam ayrıldığında on iki yaşındaydım. Annemin dediğine göre, babam onu aldatmış. Babama göre; "yok öyle bir şey, ne alakası var." Çok yıllar oldu görmüyorum babamı. Bir seçim yapmak zorundaydım. Annemi seçtim. Velayetimin kime verileceğini seçmekten bahsetmiyorum. Zaten tartışmasız annemdi. Seçmem gereken, bu büyük anlaşmazlıkta kimden yana olacağıma karar vermekti. Kimse benden böyle bir seçim yapmamı açıkça istemedi. Ama bazen, yaşama kaldığın yerden devam edebilmek için, kabul görmek, sevilmek için taraf tutman gerektiğini sanırsın ve sana söylenenlerden öte alt metinleri okumaya çalışırsın. Henüz küçük bir çocuk olmama rağmen, içgüdüsel bir hamleyle alt metni okudum. Annemin eli daha ağırdı. Mağdurdu. Çok acı çekiyordu. Ağlıyordu. Aldatılmıştı. Öyle diyordu. Öyle diyorsa öyleydi. Başka türlü olamazdı. Hem babam, gerçekten isteseydi onun gönlünü alabilirdi. Özür dileyebilirdi. Annem "boşanmak istiyorum" dediğinde, "ben istemiyorum" diyebilirdi. Yapmadı. Bunların hiçbirini yapmadı. Annemin kıyamet kopardığı denizde, ceviz kabuğundan bir sandalmışçasına gözden uzaklaşarak gitti. Ben vardım hem, ben vardım. Annemden vazgeçip gittiğinde benden de vazgeçmiş olacağını bilmiyor muydu? Bunu istemesem bile, annemin kurban oluşundan etkileneceğimi, adil olmak adına ondan taraf olacağımı, olmazsam kendimi kötü bir insan gibi hissedeceğimi, kendisine yüz çevirmek zorunda olduğumu düşünemiyor muydu? Tabii ki çıkmayacaktım görüşme günlerimizde kapıya. Tabii ki onu görmek istemeyecektim. Her şeyi mahvetmişti babam. Ailemizi dağıtmıştı. Beni düşünmemişti. O zaman ben de onu düşünmeyecektim.

Yıllar akıp geçti. İyi bir eğitim aldım. Annem, annemin ailesi, hep arkamda durdu. Hiç alçak gönüllü olamayacağım, oldukça güzel bir kızım. Eh, kafam da birçok akıllıyım diyeni cebinden çıkarır. Ergenlik, arkadaşlar, okul, eğlence, spor, ilk aşk, uçarak yaşıyordum. Babasıyla aynı evde yaşayan bir ergenin bile hayatının merkezinde değildir ki babası, ben, çoktan gitmiş bir babayı düşüneyim. Elbette ki hayatta dikkatimi dağıtacak, babamdan başka bir sürü heyecan verici şey vardı. Sadece bazen, ama kısacık bir süre, anneme çok büyük bir öfke duyardım. Sudan sebeplerdi hepsi. Çok kısa süren, çok abartılı tepkiler eşliğinde zehirli bir öfke. Hemen korkunç pişman olurdum. Ona sarılır ve kendimi affettirmek için çevresinde pervane olurdum. O benim meleğimdi sonuçta. Hâlâ da öyledir. Çok kaliteli, akıllı, asil bir kadındır annem. Bu davranışımı hak etmezdi. Bu, anneme karşı kontrolsüz öfke ataklarımdan pişman olmam için bir sebep daha vardı. Bu haltı yediğim her günün gecesinde, babamı rüyamda görürdüm. Hep aynı şekilde. *On iki yaşımda bir okul çıkışım. Arkadaşlarımla servise doğru yürüyorum. Babam, belli bir mesafeden beni izliyor. Uzansa dokunamayacağı ama sesini duyurabileceği bir mesafeden. Hiç konuşmuyor ve gözlerini benden ayırmıyor.* Yoğun bir huzursuzlukla uyanırdım. Dişlerimi fırçalayıp evden çıkana kadar geçen bir sürede ise hissizleşirdim. Tamamen unutarak, güne balıklama dalardım.

Ama bir süredir hiçbir şey artık eskisi gibi değil. Annemle ilişkim de. Hayatla ilişkim de. Karşı cinsle ilişkilerim de. Kendimi tanıyamıyorum. Sanırım annem de beni tanıyamıyor. Hayat da beni tanıyamıyor olsa gerek ki bir sürü arıza çıkartıyor karşıma.

Son iki sevgilime taktı annem kafayı. Özellikle de yaşlarına. Sondan ikinci, benden 27 yaş büyüktü. Sonuncusu, 25 yaş büyüktü. Reşit bir genç kadınım ben. 23 yaşındayım. Onun bebeği falan değilim. Kendine benden başka uğraşacak bir şey bulmasını istiyorum. Beni boğuyor. Yok, neymiş; kızı yaşında genç kızların peşinde gezenlere kart zampara denirmiş. Problemli sapıklarmış onlar. Genç kanı emen vampirlermiş. Nasıl bu kadar aptal olabilirmişim. Ne buluyor olabilirmiş, benim gibi, istese dünyayı parmağında oynatabilecek göz alıcı bir kız, bu yaşlı adamlarda? Bu ne pespayelikmiş... Ne büyük bir hayal kırıklığı yaşatmışım ona...

Karşılıklı çarpılan kapılar, ağlama krizleri, karşılıklı tehditler, duygu sömürüleri, yeniden çarpılan kapılar, yeniden ağlama krizleri, araya giren annemin arkadaşları, benim arkadaşlarım. Çok yoruldum ve evi terk ettim. Yüksek lisanstan bir arkadaşla eve çıktım. Alelacele. Çok da kafama uymayan biriydi.

Tabii ki annemden vazgeçmemiştim. O da benden. Biz kopamayız. O benim canım. Haftada bir iki konuşuyorduk. Ben rahatlamıştım evden ayrılınca ama onun için sanırım yıkım oldu. Hızla kilo alıyordu. Oldum olası, hayatında bir sorun olduğunda hızla kilo almaya başlardı. Saçlarını boyamıyordu.

Beraber aile terapisine başlamamız teklifini isteksizce kabul ettim. İyi görünmüyordu ve ben, kendimi suçlu hissediyordum.

Benim dilimin asıl çözülüşü terapiden sonra başladı. Annem benim için korkuyordu. Kendimden yaşça oldukça büyük biriyle ilişki yaşamamın, sadece fiziksel ve ruhsal istismarımdan ibaret olacağını düşünüyordu. Terapide benden duydukları karşısında o da şaşkındı. Çünkü tam tersine ben, kendimden büyük sevgilimi fiziksel ve ruhsal olarak istismar ediyordum. Hem de dibine kadar. Bunu beklemiyordu. Alışılagelen benzer başka ilişkilerde bir istismar söz konusuysa bu çoğunlukla, yaşı küçük olan taraf için geçerlidir. Ama benim hikâyemde bu, tam tersiydi. Annem, şu kart zamparalara acısa yeriydi.

Dönüp geriye baktığımda, sevdim mi bu iki adamı o kadar emin değilim. İkisinde de büyük bir heyecan duydum. Elde etmek istedim. Kibar, samimi ve coşkulu davrandım başta. Ama ilişki başlar başlamaz dişi bir şeytana dönüşmüştüm. İlkini, kendime âşık ettikten sonra süründürmeye başlamıştım. Fiziksel olarak yanıma yakışmadığını ima ederek ince ince onu ezmiştim. Daha bir sürü şey. Bir gece, zilzurna sarhoştu. Ben koltukta oturuyordum. O da yerde halıda. Sayıklar gibi konuşuyordu. Çocuklarının, benimle olan ilişkisine çok büyük tepki gösterdiklerini, ama umurunda olmadığını, gerekirse benim için çocuklarını sileceğini söylüyordu. O konuşurken onu ensesinden cep telefonumun kamerasına çekmiştim. Ve kaydı çocuklarına gönderip, kendisine de tekmeyi basmıştım.

İkincisi, kolay lokma değildi. Kendini kolay ezdirmedi. Ama bende Kızılderili oyunları bitmezdi. Biraz daha fazla zamanımı alsa da o da en sonunda avuçlarımda ve aşktan hamur kıvamındaydı. Bir iş ortağı vardı. Kadın. Ortağından para kaçırmaya çalışıyordu. Buna bir kılıf olarak, bana ev almayı teklif etti. En kısa zamanda da benimle evlenmek istiyordu. Bekârdı. Kaçıracağı parayı, ev işini, hepsini, ortağı olan o kadına ispiyonlamıştım. Ve daha başka dümenlerini de. O kadına muhtaçtı. Kadın, bütün sermayesi ve sosyal desteği ile ortaklıktan çekildi. İşleri altüst oldu. Ona da tekmeyi basmıştım.

Terapist, sevgi-nefret sarkacım ve ikili ilişkide karşı tarafa zarar verme dürtüm üzerine çalışmak istiyordu. Ikına sıkına bir süre ilerledim. Ama çalışmaya istek duymuyordum ki. Bu terapi saçmalığına, annemi kırmamak için katılmıştım ve daha fazla deşilmek istemiyordum. Üstelik doktor, babam konusunu açıp, onunla ilgili sorunlarımla yüzleşmem gerektiği üzerine ince ince bana ayar vermeye başlayınca iyice tepem attı. Bu kadarı yeterdi. Babam diye biri yoktu benim hayatımda. Hem de çok uzun zamandan beri. Onunla ilgili bir sorunum falan yoktu. O sadece yoktu, o kadar. Niye bunu kimse anlamıyordu ki?

Anneme, terapi hayatında başarılar diledim ve bir daha o muayenehaneye gitmedim. Ama bir kere benim öfkemi kabarttılar işte. Hem anneme hem terapiste sinirden kuduruyordum. Zihnimde ikisiyle de kavga ediyordum. Patlayıp rahatlayamadım. Annemi daha fazla kırmak istemiyordum. Terapiste de ne patlayacağım canım. Ne alaka. Kadın, kendi doğru bildiğini yapıyordu.

Öfkem, kanalize olacak bir yol bulamıyordu. Gece kuşu arkadaşlarıma takılıp o bar senin bu sahne benim içmeye başladım. Aynı zamanda da kusmaya. Çünkü ben içemem. İçmeyi de sevmem. Her sabah bisiklete binmeye başladım. Pedalları ezercesine bisiklet sürüyordum. Bir sabah, bir araba ile çarpışmama ramak kaldı ve ben yere düştüm. Adam tüm mahcubiyetiyle ki suç biraz da bendeydi, özür dilemeye çalışırken, onu neredeyse dövecektim. En sonunda kendimi eve kapattım. Çevremden de biraz uzak durmalıydım. Herkesi kırıp geçiriyordum. Bir gün, üç gün, yedi gün... Evden çıkmaya karar verdiğimde öfkemde hiçbir azalma olmamıştı ama ben, nereye gideceğimi biliyordum. Gidip babamı bulacaktım. Mademki yıllardır ufak ufak patlayan, terapiden sonra da yangın yerine dönen öfkemin sebebi oydu, mademki ona olan öfkem yüzünden, benden yaşça büyük adamlara zarar vermeye çalışıyordum (terapistin efsanesi), demek ki hayatımı mahveden oydu. Gidip tüm nefretimi kusmam gereken beyefendi, kendisiydi. Babamın, tutumlarımdaki olası rolü bana çok inandırıcı gelmese de yıllar sonra onun karşısına çıkıp, "bak senin yüzünden ne hâldeyim" diye çemkirme fikri, kulağıma hoş geldi. Zehrini, seni dünyaya getirene akıtmak… Evet, işte bu beni rahatlatır.

Ünlü bir heykeltıraştı benim babam. Öyle şişirme magazin ünlüsü sanatçılardan değil. Kendine ait kült bir hayran kitlesi vardı. Bu işten anlayan, onu ve eserlerini bilirdi yani. Sanatında olgunlaşıp zirve yaptığı yıllar, benim 16-18 yaşlarıma gelir. Yani kendisinin hiç umurumda olmadığı yıllar. Bu bilgilere ise annem sayesinde sahibim. Sen başka bir işle uğraşırken evde açık kalmış TV'den kulağına dolan reklam metinleri ve markalar gibi, kulağıma doluşturdu durdu; Allah'ın cezası babam, şimdi hangi çevrelerde tutunmuş, nasıl güzel yaşıyormuş, zaten Allah belasını versinmiş onun gibi babanın, vesaire…

İşin acayip tarafı, en son duymuştum ki sanatının zirvesinde heykeli bırakmış. Pek de ilgilenmediğim tuhaf bir hikâye. Bir kadın, onun yaptığı bir heykel yüzünden travmatik bir kaza mı geçirmiş ne… Öyle bir şey. Tam emin değilim. Ve asıl bomba... Artık Çengelköy'de yaşıyormuş. Marangozluk yapıyormuş.

"Harika!" diye düşündüm. Bunalımda olmalıydı. Kaybedenler Kulübü'nün son üyesi Mehmet Kırkoğlu. Bir de yıllardır görmediği kızı çalsın kapısını, iki dram çemkirsin. İyice yıkılsın. Babamın Çengelköy'deki marangozhanesini şıp diye buldum. Belli ki saklandığı falan yoktu. Ama onu ararken, yeni hayatında kendisini artık Arif Dede diye çağırdıklarını fark ettim. Bir gülme geldi. Ne Arif Dede'si ya? Ne alaka? Bilmediğim bir tür karizma hamlesi mi bu?

Eski bir apartmanın girişindeki bahçeli marangozhanenin önünde durup, az sonra ringe çıkacak bir "Cage Rage" boksörü gibi hedefime kilitlendim. Saçlarımı geriye attım. Çenemin yükseldiğini ve gerildiğini hissettim. Tüm öfkem, az sonra incele kıvrıla, hiç acele etmeden, tadını çıkarta çıkarta, babam Mehmet Kırkoğlu'nun üzerine yağacaktı. Zevkten yanaklarımın içini ısırıyordum. Bunu niye daha önce akıl etmemiştim? Aferin o terapiste. Doğru ata oynadı ama yanlış jokeyle.

Bahçe kapısına uzanmak üzere adımımı attım. Attım ve birisi, omzuma çarparak önüme geçti. Önüme geçmeye falan çalışmadı. Ben hiç yokmuşum gibi içimden geçecekti başarabilseydi. Öylesine dalgın bir hödük. Arkasından tıslayarak bir adım geri çekildim. Çünkü hödük, hızlı adımlarla bahçeden içeri girmiş ve babamın dükkânının kapısını çalmıştı bile. İster istemez sokağın karşı kaldırımına kaçtım. Planladığım sahneye tecavüz edilmişti. Gelenin, oradan ayrılmasını beklemeliydim.

Karşı kaldırım bir kahveydi. Yoksa bir kafe miydi? Kahve-kafesi gibi bir tanım acilen uydurulmalıydı bu mekân için. Çünkü ortaya karışık aynen öyle bir şeydi. Gözlerimi babamın kapısından ayırmadan hemen camın arkasında bir sandalye çekip, oldukça küçük, eğreti bir masaya oturdum. Az önceki hödük, çaldığı kapının açılmasını bekliyordu. Benim yaşlarımda bir oğlandı. Belki birkaç yaş küçük. Belki birkaç yaş büyük. Şu, yaşını tahmin edemediğin tiplerden. Açılmıyordu kapı. Tekrar çaldı kapıyı, oldukça kılıksız olduğunu da şimdi fark ettiğim hödük. Yere kadar cam olan dükkânın ön yüzünde, kapıya doğru yaklaşan bir gölge fark ettim. Ve birazdan kapı açıldı. Bayağı kirli bir iş önlüğü içinde, marangoz Arif Dede, yüzünde şaşkın bir ifadeyle bizim oğlana bakıyordu. Eski heykeltıraş Mehmet Kırkoğlu, içinde bir yerlere kaçmış olmalıydı. Açıkçası, zihnimde kayıtlı o görüntüsü ile karşımdaki babam hiç eşleşmiyordu.

Şimdi babamın yüzünü göremiyordum. Oğlan, önünde onu tamamen kapatıyordu. Ani bir hamleyle eğildi ve babamın elini öptü. Babam, küçük bir çığlık atar gibi oldu. Ne saçma bir sahneydi bu. Oğlanı benzer ani bir hareketle kendine çekti ve birbirlerine sarıldılar. Artık babamın yüzü, o oğlana sarılmışken, tam görüş açımdaydı. Sevgiyle ışıldıyordu gözbebekleri. Gözbebekleri ışıldıyordu sevgiyle. Gözbebekleri... Sevgiyle... Hipnotize olmuş gibiydim. Babamın gözlerinde yakaladığım bir "an"da, çok eski bir sahneye gittim. 5-6 yaşlarındaydım. Başka bir şehirden sergiden dönmüştü babam. Bana o zaman uzun gelen, şimdi süresini tahmin edemediğim bir süredir evde yoktu. Annem açmıştı kapıyı. Ben de hemen arkasındaydım annemin. Kapıda sarılmıştı anneme. Annemin hemen arkasında dikilen bana, sevgiyle bakıyordu babam. Sıranın bana gelmesini, zıplayarak bekliyordum. Sarılma sırasının.

Kıpırdanan dizlerime ellerimle bastırdım. Ayıldım. Ne olmuştu bana böyle? Sanki sıcak bir kanyak akıyordu boğazımdan. Bu anı, bu "an"a kadar yoktu aklımda. Böyle bir sahne vardı diye anlatsalar "yoktu" derdim. Ama hatırlıyorum şimdi. Vardı.

Tepemde dikilen garson kıza, bir çay söyledim. Çay may içmem ben. Çay söylemek gerek burada diye düşündüm. Ya da hiçbir şey düşünmeden çay söyledim işte. Gözlerimi ayırmadan onları seyrediyordum. Tuhaf bir sevinç vardı hâllerinde. İkisi de azıcık titriyor gibiydi. Savsak el hareketleriyle başlarını kaşıyorlar ya da birbirlerinin omzuna "pat" diye vuruyorlardı. Sonra da bu, dünyanın en eğlenceli şeyiymiş gibi gülüyorlardı. Birbirlerine vuruyorlar ve gülüyorlardı. Gülüyorlardı. O kanyak yine sıcak sıcak kaydı boğazımdan. Sekiz yaşımda falandım galiba. "Habersiz dikilmece" oynuyorduk evde babamla. Evet, vardı böyle anlamsız bir oyun. Habersizce dikiliyor gibi duran babama güya vururdum. O da güya pat diye yere düşerdi. Sonra o bana güya vururdu. Ben de pat diye yatağa düşerdim. Yere değil, yatağa. Bir yerim acımasın diye bana torpil geçilirdi. Ve bunu tekrarlayıp tekrarlayıp, aptal aptal gülerdik.

Ellerimi kollarıma dolayıp hızlıca kendimi sıvazladım. Kendime gelmeliydim. Kayıp anılar, şu kahve-kafesinin camekânı arkasında, bir çuval un kafamdan aşağı boşaltılırcasına üzerime yağıyordu. "Yok" ettiğim babam, üzerime yağıyordu.

Sonra, babamın atölyesinden içeri girdiler. "Hii!" diye bir ses çıkarıp hafifçe zıplamışım. Yan masada oturanlar, "iyi misiniz?" gibilerinden yüzüme baktılar. Hemen kendimi toparlayıp gülümsedim. Marangozhaneyi kestiğimi belli etmemeliydim. Buradan bir yere kıpırdayamazdım. Babamı seyretmek için çok iyi konuşlanmıştım. Aklımı başıma toplamalıydım.

Çok şanslıydım. Hava oldukça kapalıydı ve içeride ışıkları yaktı, ikisinden biri. Camlardan içerisini, deminki kadar iyi olmasa da oldukça iyi seçebiliyordum. Bahçeye bakan, iskemle gibi bir şeye oturdu oğlan. Babam ona ve dolayısıyla bana arkası dönük, tezgâh gibi bir şeyin başında, bir şeyler yaptı. Yüzünü bize döndüğünde, elinde bir demlik ve bardaklar vardı.

Sonra ikimize çay verdi. Yok, hayır çay değildi bu. Babamın, ben küçükken hasta olduğumda kaynattığı limonlu zencefil. Ve tabii ki bal da vardı içinde. Bal olmazsa ben içmem. Üçümüz birlikte uzun uzun konuştuk. Hödük oğlanın anlatacağı çok şey vardı. Benim de öyle. Birbirimizin ağzından sözü kapa kapa anlattık. Babam, ellerini göbeğinde kavuşturmuş, ayaklarını uzatmış bir hâlde ikimizi de neşeyle dinledi. Hiçbirimiz, can acıtıcı anılara girmedik. Gerek yoktu. Saçmaydı. Can acıtıcı anıların en az on misli güzel anılarımız vardı. Un çuvalından başımıza yağıyordu hepsi. Hafıza Baba, ne zaman ve niye sıkı sıkı bağlamıştı bu çuvalın ağzını? Ve ne olmuştu da şimdi dibinden delip kafamıza yağdırıyordu güzel anıları? Hafıza Baba, çocukken Noel Baba kadar varlığına içtenlikle inandığımız ve en az Noel Baba kadar bizi aldatan ne hain bir adamdı! Üçümüz de bembeyaz olduk. Un kadar hafif, ekmek kokusu kadar mutluyduk. Birazcık da kıskanıyordum şu hödük oğlanı. Nasıl da şefkatle bakıyordu ona, babam. Tıpkı bana baktığı gibi.

Annemle boşandıktan sonra o kadar çok üzülmüş, o kadar çok beni görebilmek için evimizin, okulumun çevresinde dolaşmıştı ki… Şefkatle ısrar ederdi gözleri. "Gel bebeğim, bana bir fırsat ver konuşalım" derdi gözleri. Konuşmazdı arkadaşlarımın yanında, beni utandırmamak için, şefkatle bakardı sadece. Koşarak kaçardım. Ama anneme de söylemezdim, babamın beni takip ettiğini. Söylersem, annem bir şekilde engel olur, babam gelmez diye korkardım. Hep gelsin isterdim. Peki, ben bu anıları ne zaman ve niye unutmayı seçtim? Bunlar kesinlikle olmamıştı. Emindim. Şimdiyse, bu sokağa adımımı attığım anki öfkem kadar gerçektiler.

Sonra oğlan, atölyeden ayrıldı. Babam, ona para verdi. "Hikmet!" diye bağırdı arkasından. "Akşam gelirken, balıkları, balıkçı Rasim'den al!" Öyle yüksek bir sesle seslendi ki sadece ben değil, kahve-kafesindeki herkes duydu, akşama balık masası olduğunu.

Kahve-kafesine, içtiğim çayın parasını bıraktım. Kalktım. Marangozhaneye doğru yürüdüm. Babama, akşama balık masasına bir misafiri daha olduğunu söylemeliydim. Sonra da gidip salata malzemesi alacaktım. Çok güzel salata yaparım ben.

DİDEM'İN AYNALARI

"Ama şimdi böyle yaparsam sonra ayıp mı olur..." diye hiç durmadan tahlil yapan zihnini ciddiye alma. "İyi insan" şemaları üzerinden, "iç"ine sinmeyen hiçbir şeyi söyleme ya da yapma!

An'a ve tam an'da yapman gerekene sadakat, kendi tasarımına sadakattir. Kendine iman etmeden Tanrı'ya iman edemezsin.

Dünyayı, şu an benim gördüğüm yerden görmenizi çok isterdim. Tam şu an yattığım yerden. Bir sürü kablolara, makine ve ekranlara bağlı, kıpırtısız ve gözlerim sımsıkı kapalı, geri kalan her şeyi seyrettiğim yerden. Ancak gözlerini dünyaya sımsıkı kaparsan dünyayı gerçekten görebiliyormuşsun meğer. Balık, içinde yüzdüğü sudan habersizdir, gibi bir söz vardı ya şimdi tam hatırlamıyorum. İşte o misal. Yine de içinde bulunduğum deneyim, biraz riskli. Bir daha gözlerimi hiç açamayabilirim. Zira sağ kürek kemiğimden bıçaklandım. Komadayım. Kelimenin ilk anlamıyla; uyanamadım henüz. Araf'tayım.

Merhaba. Ben Didem.

Sizinle kesintisiz ve tutarlı bir şekilde konuşamayabilirim. Bazen ben konuşacağım, siz duyamayacaksınız. Bazen siz dikkat kesilmişken ben, bir balık kadar sessiz ve derinde olacağım. Beni affedin. Burası, dinamiklerini henüz çözemediğim bir düzlem. Büyük ihtimalle de çözemeden ya aranıza döneceğim y...

Burada mısınız hâlâ, burada mısınız? Nefes nefeseyim. Dönemeyeceğim sandım. Artık öldüm sandım. Oysa şimdi yeniden Araf'tayım. Ne acayip bir şey şu "insan". Yaşama değil, Araf'a döndüğüne bile seviniyorsun. Henüz öğrendiğini hemen sahipleniyorsun. Yeter ki bir bilinmeze gitme.

"Oysa bilsen ki o 'bilinmez', senin için müşfik bir baba, sıcacık kucağı ile bir anne. 'Bilinmez', zihin ürünü tüm tanımların ötesindeki teklik, tutarlılık, sınırlandırılamazlık, azaltılıp çoğaltılamazlık."

- Kim o? Kim o konuşan?

Tabii ki çok korkuyorum. Koşarak evime gidiyordum ben en son. Sonra o korkunç şey oldu. Sonra Araf'ta uyandım. Benim burada uyandığımı kimse görmedi. Şu hastanedeki herkes, beni uyuyor sanıyor. Bu düzlemin kurallarını bilmiyorum. Tek bildiğim, şu aynalar. Ve şimdi de konuşan şu ses. Siz de duydunuz değil mi? Tabii ki duymadınız. "Siz" diye bir şey yok. Sizi, hayata tutunabilmek için ben uyduruyorum. Dünya ile bağımı koparmamak için sımsıkı sarılıyorum, beni duyma ihtimalinize.

Aynalar. Araf'ta tek bildiğim, sekizgen bir odanın ortasında yerde oturduğum. Sekiz duvarın sekizi de ayna. Ben ve benlerim, hep beraber bağdaş kurduk oturuyoruz. Bekliyoruz. Arada film kopuyor. Sonra Araf'a uyanıp seviniyoruz. Bir de o deminki ses, o neydi ö...

Yeter artık ya. Kopmasam, burada kalsam. Bari sadece burada kalsam. Burada ben ve benlerimden başka bir şey yok. "Kendim"lerimle sarmalanmış şekilde bekliyorum. Güvende gibiyim böyle. Hiç yoktan iyidir.

- Evet, Didem. "Hiç", "yok"tan iyidir. Ama senin düşündüğün anlamda değil. "Hiç", çok görkemli, çok coşkuludur. Çok büyük ve güzeldir. Aslında "hiç", tüm bu sıfatların birine bile ihtiyaç duymaz. Ama Araf'ta olduğuna göre, hâlâ zihnin ekmeği dile ve kelimelere muhtaçsın ve hâlâ sıfatlar kullanmak zorundayım. Kulakların, başka enstrümanlara kapalı."

- Yeteeeerrr! Çıldıracağım ya. Bir sen eksiksin ya! Çık ortaya Allah'ın cezası!

- Benden korkmana gerek yok Didem. Ben hep vardım. Hep seninleydim. Ben senin özünüm, iç sesinim. Şimdi senden ayrı bir şeymişim gibi duyuyorsun beni. Çünkü Araf'tasın. Ama şimdi dünyada olsak ben kimim biliyor musun? Hani şu hep susturduğun, hep ertelediğin, baskıladığın yanınım ben. Diğer yanınca ezilen, ama günün sonunda ağlayarak yastığına kapandığında, haklı olduğunu bildiğin, en başından beri senin için en doğrusunu söyleyen tarafınım ben.

Dünyaya geliş ve eve geri dönüş yolun bir rüyaysa, ben senin "uyanık" yanınım Didem. Ben senin hiç uyumayan, hiç o rüyaya dalmayan yarınım.

Allah'ım sen bana güç ver. Tut elimi Allah'ım. Burası çok zor. Ya beni gönder dünyaya geri ya al canımı bitsin bu iş. Bir ses duyuyorum şuracıkta. "Ben" olduğunu iddia ediyor. Kendimi zaten paramparça hissediyorum şu sekiz aynayla. Allah'ım güç ver! Allah'ım... Allah'ım... Allah...

- Sakin ol bir tanem. Huzurla, yavaş yavaş konuşalım. Güvendesin. Hep güvendeydin. Hadi yormayayım seni 'yok öyle değil böyle'lerle... Neler oldu, bitti dünyada, sen Araf'a düşene kadar, onları konuşalım. Dünyaya tutunalım. Nasıl oldu da saldırıya uğradın onu anlat. Biliyorum her şeyi de... Sen anlat. Hep dünyadan bahset. Tutun dünyaya. Anlat dünyayı. Haydi.

Ben bu gaipten gelen sesle konuşmayacağım. Ben sizinle konuşacağım. Dinliyorsunuz beni değil mi? Güzel. İstanbul'da yaşıyorum ben. Aslen Adanalıyım. Bir reklam ajansında çalışıyorum. 30'umu yeni devirdim. Yıllar sonra da bir yüksek lisans sevdası başladı. Yeniden okulda takılıyorum bir yandan. Ev arkadaşım Füsun'la yaşıyorum. Yaşıyordum, diyelim. Neyse.

Beni yaralayıp komaya sokan, Selçuk'tur. Selçuk'la tanıştığımda Bedri'den yeni ayrılmıştım. Bedri, benim yılan hikâyem. Herkesin bir yılan hikâyesi vardır. Yılan hikâyesinde yılan illa bir insan olmak zorunda değil. Ama benim hikâyemde yılan, bir insandı ve Bedri ile yıllardır sürünen bol skandallı ilişkim, en sonunda tükenmişti. Bitmemişti. Tükenmişti. Çünkü kendi irademizle bitiremiyorduk. Haddinden fazla bir süre sonra, karşılıklı seslerimiz kesik kesik gelmeye, görüntümüz bulanıklaşmaya başladı. Gittikçe silikleştik. Artık bağırıp çağırsak da birbirimize sesimizi duyuramıyorduk. Birbirimizi parçalamak istesek de ellerimiz, şeffafmışızcasına birbirimizin içinden geçmeye başladı. Sonuç olarak, birbirimizin canını bile acıtamıyorduk. Tükenişi kabullendik. Bakakaldık öylesine.

- *Güzel anlattın ama eksik. Daha doğrusu, nasıl algılanmasını istiyorsan, hikâyeni öyle anlattın. Oysa biz ne mizansen kurarsak kuralım sözlerimizle, alttan usul usul sızar gerçek rengimiz. Ve bunu, dinleyicilerinin hepsi ama hepsi hisseder. Sen kendi kurgun dâhilinde anlatırken bir şeyler; kimisi apaçık, çırılçıplak görür hikâyenin gerçeğini ve seni, kimisi bir huzursuzluk hisseder anlam veremez, kimisinin bir türlü kafasına yatmaz, kimisi anlar görünür ama empati kuramaz ki en çok verilen tepki budur. Hani şikâyet edersin ya bazen, bilmem kim hiç empati kuramıyor, derdimden zerre anlamadı, diye... Hiç düşündün mü kendini bile kandırmayı başardığın uyduruk bir derdi anlattığını? Usul usul sızar işin gerçek rengi, alttan. Hatlar karışır Didem. Empati kuramaz kimse.*

- Of Allah'ım ya! Söyle bakalım o zaman, neymiş Bedri ile ilgili işin gerçeği? Araf'ın delisi!

- *Sevmedin Bedri'yi sen hiç. Onun tarafından hırpalanmayı sevdin. Onun, seni aldatmasını sevdin. Böylece masum-mağdur olmayı sevdin. Onu hep affederek, "sözde" vazgeçilmez olmayı sevdin. Yüce gönüllü Didem olmayı sevdin. Acıdan, sıkıntıdan, mutsuzluktan beslendin Didem. Senin gıdan bu.*

- Niye? Ben deli miyim? Neden isteyeyim bunca sıkıntıyı?

- Delisin tabii ya. Sen, Didem'in deli yanısın ki seni "Didem'in egosu" olarak tanımlıyoruz. Ben, Didem'in hakikatiyim, iç sesiyim, akıllı yanıyım. Saf akılım ben.

Sen hiç durmadan hikâyeler uyduracaksın. Onlara tutunacaksın. Hikâyelerinle kendi sınırlarını belirleyip böylece kendini "var" edeceksin. Ben ise, hiç durmadan fısıldayacağım sana: "Geç bunları Didem, sen geçmesen de geçecek zaten, var olmak için bu hikâyeden sınırlara ihtiyacın yok." Benim misyonum da bu.

- Sevdim ben Bedri'yi. Yalancısın sen. Çok sevdim ben Bed...

Çok korkuyorum... Yeter, kopmasın ne olur...

- Ağlama bir tanem. Didem'im ağlama. Ben yanındayım. Yalnız değilsin. Hep ellerini tuttum. Sonsuza dek de tutacağım. Benden başka kimseye ihtiyacın yok. Ne Dünya'da ne Araf'ta.

- Sen, iç sesimmişsin ya sen... Benim iç sesimden ne hayır gelir be...

- Ben, senin iç sesinim ya ben... Çok ama çok güçlüyüm Didem. Saf gücüm ben. Ben dağları yerinden oynatırım. Olmayanı oldururum. Ağzı, gözleri olmayanı güldürürüm. Yeter ki bana kulak ver.

Korkma benden. Seni susturmak değil niyetim. Sen, Didem'in egosu, ben-iç sesinle dengede yaşasan keşke. Cehennem cennete döner. Meşela; senin, Bedri ile birlikte olduğun yıllar boyunca hep fısıldadım sana "ihtiyacın bu değil, seni doyuran bu değil". Hep beni duymazlıktan geldin. Hep bir bahane uydurdun, Bedri ile ilişkinin, senin için ne kadar önemli olduğuna dair. Olsa olsa sebepsiz bir huzursuzluk, yerli yersiz bir mutsuzluk olarak yankılanabildim kalbinde. Beni duymayı reddettin.

- Ne demeye fısıldıyorsun sen de? Yüksek sesle söylesen duyardım.

- Ah... Komik kızsın Didem. Neyse. İç ses, hiçbir zaman bağırmaz, yüksek sesle konuşmaz, baskı yapmaz. Bunlar, egonun özellikleridir. Egonun hep bir planı vardır. Ya aciliyeti olan bir dümen çevirmektedir ya da sınırlarını belirginleştirmek için hikâyeler uydurmaktadır. Tüm bunlar için de yüksek sese, ağlamaklı sese, baskıcı sese, yaygaracı sese ihtiyaç duyar. İç ses; sakince, kibarca, gerçeği fısıldar. "Yapma!" diye bağırmaz. "Yapmasan iyi olur." der.

Hani Bedri ile dargın olduğunuz, uzunca bir ara verdiğiniz zamanlardan biriydi. Başka birisiyle takılıyordun. "O adam" diye geçelim kendisini. O adamla sadece buluşuyor, sevişiyor ve uyuyordunuz. "Yapmasan iyi olur" demiştim sana. Bedri'den bile anlamsız bir deneyimdi yaşadığın. Mutsuzluğun dibini arar gibiydin, bir av köpeği gibi koklaya koklaya...

- Benim o adamla birlikte olmamın tek bir sebebi vardı. Sevişmemiz bitip de uyumaya geçince bana o kadar güzel sarılıyordu ki. Ah, nasıl muhtaçtım, bir insana sarıla dolana uyumaya. Bedri, dokunmadan uyurdu bana. O adamla kaç kez birlikte oldum, sırf sarılıp uyuma kısmına geçmeyi heyecanla bekleyerek biliyor musun? O kucakta uyumak için önce istemeden sevişmeye razıydım ben. Çok zavallıca bu, biliyorum ama o denli yalnızdım, o denli mutsuzdum. Bunu anlayabiliyor musun sen?

- "Anlayabiliyorum" dememe gerek var mı Didem? Oradaydım ve her zamanki gibi, sesimi duymanı bekliyordum. Ego o kadar gürültücüdür ki kendi gürültüsünden başka bir şey duyamaz çoğu zaman. Oradaydım ve sana "buna hiç gerek yok" diyordum. ***"Beni, iç sesini dinle, iç sesin, bütün evrendir, iç sesin yanında, bütün evren yanında, yalnız değilsin ve hatta zaten daha ne kadar kalabalık olabilirsin?" diyordum sana. Duymayı reddettin.***

Beni duysaydın ne o adama sarılmaca saçmalığına gerek kalırdı ne de Bedri ile yıllarca savaşmaca saçmalığına. Evet, Bedri ile yine bir ilişki yaşardın ve o adamla yine arada görüşürdün. Ama bunları, çok farklı bir kafayla yaşardın ve senin için çok daha farklı bir deneyim olurdu.

- Sana kulak verseydim de neticede yine burada, bu hastane odasında olur muydum sen onu söyle bana... Başucumdaki şu ümitsiz ama soğukkanlı bir suratla işini yapan hemşirelere, kapıda aile orduma laf anlatmaya çalışan doktorlara bakarsan, ben ölüyorum galiba. Bir daha asla olması gerektiği gibi uyanamayacağım. Ve hepsi, en son başıma sardığım o Selçuk denen ruh hastası, takıntılı dümbelek yüzünden. İltifatları, ilgisi, Bedri'yi unutma dönemimde oyalıyordu beni. İyi geliyordu. Adam manyak çıktı. Kıtır kıtır kesecekti beni. Şurada gözlerim kapalı yatıyorum. Üstüne seninle, iç sesimle takılıyorum ve buna rağmen, bana hâlâ en hayret verici gelen şey, uğradığım saldırı. Hâlâ inanamıyorum.

- *Nesine inanamıyorsun? Ezelden beri söylerim, "dışarıda senden bağımsız olan hiçbir şey yok". Sen bir film makinesi gibi içeriden neyi oynatırsan, dünya perdesi sana onu gösterir. Kime seslenir çağırırsan, sahneye o gelir.*

Sen çağırdın Selçuk'u. Bu yalnızlık safsatan yüzünden hep başına dert aldın. Ne diyordun? Evet... Bedri'nin ardından yalnızlığına ilaç oluyordu, çevrende dolaşıp durması, sana kendini iyi hissettirmesi. Öyle değil mi?

Bir şey soracağım sana şimdi. Onunla tanıştığın gün, bir proje için ofise ilk geldiği gün, hemen enerjiniz tutmuş gibiydi ve uzun uzun sohbet de etmiştiniz toplantıdan sonra. O gün onun karşısında "hoş adam" diye düşünürken aynı anda tuhaf bir huzursuzluk da duymuştun. Hatırlıyor musun o huzursuzluğu?

- Evet, hatırlıyorum. Ne tuhaf... Onunla ilgili, sebebini çıkaramadığım incecik bir huzursuzluk. Gayet iyi bir izlenim bırakmıştı bende ilk gün ve ben, o huzursuzluğu hemen sallayıp atmıştım kafamdan.

- Hah! İşte o huzursuzluk, bendim, Didem! Bir daha asla incecik de olsa bir huzursuzluk duyarsan onu es geçme. Görünen ne kadar güzel görünürse görünsün, iç sesinin, yani benim mutlaka bir bildiğim vardır. O huzursuzluk, sen tam o an yapman gerekeni yap diye gelir. Mesafeni koru derim ben sana böylece, görünene aldanma. Bu yüzdendir ki biriyle ilk tanıştığında damağının gerisinde kalan o bazen tatlı bazen acı tat, üzerinizden yıllar, yığınla anılar geçse bile, o kişiyle ilgili hep doğruyu söyler. Tabii o ilk izlenimi hatırlayabilirsen.

- Ama söylediğin kadar basit bir şey değil ki içinden gelen hisse göre hemen oracıkta tavrını belirlemek. Bir kere ayıp. Çok nazik ve ilgili birine, sırf içinde sebepsiz bir huzursuzluk duydun diye mesafeli davranamıyorsun. Vicdanın diyor ki mesela, "bu terbiyesizlik olur".

- Vicdanı, çoğunluğun doğrularına uyma isteğiyle veya dışlanma korkusuyla karıştırma Didem. Uyanık ol.

- Ha? Vay, sıkı söz! Bir de şey var... Beni biliyorsun ya sonuçta... Ben kimseye sert davranamam. Öyle kesin ve net başımdan savuşturamam. Gözlerim dolar. Çekinirim. Ne bileyim işte, biliyorsun...

- Emin misin Didem? Her zaman ve her yerde çekingen, hassas ve edilgen olduğuna emin misin? Yoksa diğer bütün insanlar gibi sen de duruma, kişiye ve zamana göre farklı renkler taşıyan çokluklardan mı oluşuyorsun? Tekrar soruyorum Didem. Bana, her zaman ve herkesin karşısında aynı çekingen Didem olarak var olduğunu söyleyebilir misin?

- Hayır, söyleyemem. Anneme karşı çok netimdir mesela. Çok sert ve hatta bazen acımasız olduğum bile söylenebilir. En az ona tolerans gösteririm. Hep bir öfke kabarır içimden ona karşı. Oysa ne sessiz, ne duygusal bir kadındır. Ama ne yapsa uyuz olurum. Bu, ergenliğimden beri hiç değişmedi.

- Peki, ya iş arkadaşların, onlar nasıl bilir seni?

- Bir keresinde Serra demişti ki ne gamsız insanmışım... Tüm dünya ile dalga geçecek bir kapasite varmış bende. Çok şaşırmıştım bunu duyunca. Espriliyimdir ofiste ama bunun, dışarıdan böyle göründüğünü düşünmemiştim hiç.

- Çokluklardan oluşuyorsun Didem. Herkes ve her şey, çokluklardan oluşur. Fiziksel olarak bile bedeninde kaç milyon mikroorganizmayla birlikte yaşadığını sana söylesem şaşarsın. Neyse. Dağılmayalım. Demem o ki seni oluşturan çoklukları iyi yönet, yeter. Yetenekli bir orkestra şefi gibi. İçindeki acımasızı, annenin değil, içine sinmeyen o yeni tanıştığın adamın üzerine sal. O zeki esprilerini, seni gamsız sanan iş arkadaşlarına değil, annene yap. Azıcık gülersiniz birlikte. Fena mı olur?

İçindeki çoklukları, verimli bir şekilde yönetmek, yaşama sanatıdır.

- Selçuk... Önceleri kibar ve sabırlıydı bana karşı. Ne de olsa zor ve uzun bir ilişkiden çıkmıştım. Üzerine sadece benim bildiğim, gurur kırıcı bazı saçmalıklar yaşamış olmamın etkisiyle de başka bir ilişkiye balıklama atlamayı düşünmüyordum. Bunun farkındaydı. Birlikte yemek yiyorduk. Konserlere gidiyorduk. Hiçbir baskı kurmuyordu üzerimde. Beklentileri ölçülüydü. Fiziksel temasımız, ilkokul çocukları seviyesindeydi. Anlayışı ile minnetimi ve saygımı kazanmıştı.

Ah şimdi çok daha net görüyorum ki davranışları yavaş yavaş tuhaflaşmaya başlamış aslında. O ölçülü, kibar adam, bir süre sonra taşkın ve coşkulu bir ruh hâline girdi. Ya normalden bir tık fazla neşeli oluyordu ya da hiperaktifliği ile beni yoruyordu. Hep uçar kaçar, zıplar hâldeydi bir dönem. Ama tüm bu dönem boyunca bile, hâlâ benim çizdiğim sınırlara sadıktı. Ben istemediğim için fiziksel sınırlar aşılmıyordu. Sırf ben böyle iyiyim diye bir özelimiz olmuyordu. Sonra bambaşka bir moda girdi. İçine kapandı. Buluşmalarımızda çok az konuşuyordu. Ya çok uyumuş ya hiç uyumamış görünüyordu. Birkaç kez beni ekti hatta. Hep bir dalıp gitmeler, bir takılıp kalmalar. Yine değişmeyen tek şey, benim çizdiğim sınırlardı. Ben ise mal gibi, sadece bundan hoşnuttum. Benim istediğim yerlerde ve şekillerde geziyor muyduk? Geziyorduk. Yalnızlık çekiyor muydum? Çekmiyordum. Boş kalıp Bedri'yi düşünüyor muydum? Düşünmüyordum. Belirlediğim formata uyduğu sürece Selçuk, hiperaktif miydi içine mi kapanmıştı umurumda değildi. Selçuk, en sonunda, üçüncü ve son evresine geçti. Ben de ebemi gördüm.

İşte bu çok şaşırtıcıydı. Aylardır sınır aşmayan, sitem etmeyen Selç...

- *Cesur ol Didem. Buradayım. Yanındayım. Ellerini tutuyorum. Geri döneceksin. Daha değil. Biliyorum. Güven bana.*

- Ağğğğhhhhh... Ağğıığğğğ... Midem bulanıyor. Midemi hissetmeye başladım. Döndüm mü? Dünyada mıyım?

- *Hayır, Didem'im. Araf'a döndün. Hâlâ Araf'tayız.*

- Bu sefer az korktum, biliyor musun? Seni duydum biliyor musun? Korkma, dedin bana ya da öyle bir şey. Duydum seni ben.

- *Ne güzel. Bu çok güzel.*

- Ben ne anlatıyordum? Evet, Selçuk. Selçuk çok değişti. Aslında hep değişip duruyormuş da birden sınır tanımaz olunca, hatta o sınırların üzerinde korkutucu bir şekilde tepinmeye başlayınca, ahmak ben, "bu adam değişti" diyebildim. İçine deli kaçmış gibiydi. Sitem ediyordu. Hakaret ediyordu. Çok içiyordu. Ne biçim kadındım ben. Resmen erkekliğini öldürmüştüm. Kadınsam bunu göstermeliydim. Ya da o bana gösterecekti. Sürekli arıyordu. Kavga etme isteği hiç bitmiyordu. İstediği cümleyi istediği ses tonuyla benden duyana kadar telefonu kapatmıyordu. Hayatım kâbusa dönüşmüştü. Ve çoktan, ben onu başımdan hemen defedemeyeceğim kadar bana fedakârlıkta bulunmuş, evime, iş ortamıma, arkadaşlarıma sızmış, attığım her adımı, olup olabileceğim her yeri, avucunun içi gibi bilir hâle gelmişti.

Ondan uzaklaşmaya çalışıyordum ama yavaş yavaş, onu delirtmeden, güzellikle.

- *İşe yaradı mı peki?*

- Hayır. Takıntısı gittikçe şiddetleniyordu. En sakin ve uzak göründüğü bir ara bile, beni takip ettiğini yakalamıştım. Ve bir gün Füsun okuldayken, -o aralar keyfi henüz yerindeydi Füsun'un, bir de onun siniriyle uğraşmaya başlamamıştım henüz- bana gelmek istedi. Çok makul konuşuyordu telefonda. Ben de heveslendim. Sanırım onu adam gibi ikna edebilecektim en sonunda ve bu iş bitecekti. Burayı atlasam olur mu?

- *Anlat Didem. Bunu anlatman senin için gerekli. Benim hiçbir şeye ihtiyacım yok.*

- Ben... Tecavüze uğradım. Hem de kendimi daha zavallı, daha aşağılık hissedemeyeceğim bir şekilde. Yalnızlığımdan, incinmiş onurumdan kaçıp gölgesine sığındığım adam tarafından sakatlandım. Kimseye söyleyemedim. Söylersem sanki bana güleceklerdi. Ne kadar aptalsın, diyeceklerdi. Söylersem sanki o sahne, şehrin bütün billboardlarında oynayacaktı. Öylesine bir his... Kendimi suçladım. Görememiştim. Benim yüzümden olmuştu.

- *Senin yüzünden oldu Didem'im. Ama senin yorumladığın gibi değil.*

- Lütfen konuşma. Bölme beni bir süre. Ölecek miyim yaşayacak mıyım bilmiyorum. Tam buraya, bu sekiz aynalı odanın ortasına kusmak istiyorum artık, hiç anlatamadıklarımı.

- *Peki.*

- Sonraki bir hafta nutkum tutuldu. Hiçbir şey olmamış gibi yaşamaya çalıştım. İşe gittim. Eve geldim. Vampir tarafından ısırılmış, kanı zehirlenmiş ve nihayetinde vampire dönüşmüş gibiydim. Yani artık, ben de en az Selçuk kadar deliydim. Kesinlikle sağlıklı düşünemiyordum. Yine ne hazin ki delirdiğimin kimse farkında değildi. Aynı hafta, bilmediğim bir sebepten, Füsun da delirmiş gibiydi. Tecavüze uğradığımın ertesi günü eve geldiğinde çok sinirliydi. Kapıyı sertçe vurdu. Hiç konuşmadı. Odasına girdi. Ve bir hafta boyunca da evden çıkmadı. Birbirine bulaşmaması gerektiğini bilen bir vampir ve bir kurt adam gibi mesafeli paylaştık evi, bir hafta boyunca. Evdeki hava, kesif hastalık havasıydı. Bir tek ben dışarı çıkıyordum. İşe gidip geliyordum. Sakindim. Delirmiştim. Uykuda gibiydim. Ama sabahları aynadaki gözlerim, soğukkanlı bir katil gibi bakıyordu. Tüm bu hâllerin hepsi birden nasıl görünüyorsa öyleydim.

Ruh hastası pislikten, birkaç gün ses çıkmadı. Benim sessizliğim, onu ürkütmüştü belki. Gardını alıyor olsa gerekti. O olaydan tam bir hafta sonra, her zamanki gibi arabamı, evden beş apartman ötedeki arsaya bıraktım. Eve doğru yürüyordum. Hissizdim. Vampir tarafından ısırılmıştım ben. Selçuk kadar deliydim artık. Davranışlarımın başka bir açıklaması olamazdı. Ayak seslerini arkamda hissettiğimde o olduğunu biliyordum. Sokakta bağırabilirdim. Kimseler görünmüyordu ama işe yarayabilirdi. Bağırmadım. Daha yakında bir apartmana girip herhangi bir kapıyı çalabilirdim. Yapmadım. Dönüp, artık çantamda taşıdığım başka bir şey değil de niyeyse tornavidayı boğazına saplayabilirdim. Yapmadım. Doğruca eve yürüdüm. Füsun evdeydi emindim. Günlerdir evden çıkmıyordu. İkimiz birden o kadar negatif elektrik yüklüydük ki birlikte Selçuk'u alt edebilirdik. Sanırım hissettiğim buydu.

Füsun'u bulmak istedim. Hızla merdivenleri çıkmak üzere apartman kapısını çarpıp, yukarı koşmaya başladım. O beni yakalayamadan eve ulaşacaktım. Ancak bir deli bu kadar aptal olabilir. Daireme son birkaç basamak kala beni yakaladı. Bana sarıldı ve delirmiş kulaklarıma çok mantıklı gelen şu cümleleri fısıldadı: "Sürekli seni düşünüyorum. Bunu istemiyorum. Çok yorgunum. Seni öldürmeden bundan kurtulamayacağım." Bir iki itiş kakış saniyesinden sonra bıçak, sırtıma birkaç kez girip çıktı. O kaçtı. Ben daire kapıma yığıldım. Var gücümle kapıyı çaldım. Çaldım. Çaldım sanırım... Füsun evde yoktu. Füsun'un, bir hafta sonra, evden pat diye çıkacağı tutmuştu. Niye çıkmıştı ki sanki? Kan kaybetmişim çok. Hemen bulan olmamış ki beni. Geç kalınmış biraz.

...

- Kendimi çok yorgun hissediyorum. Bacaklarım uyuştu be bağdaş kurmaktan. Ben, bu aynalı pavyonun ortasına yüzükoyun uzanacağım artık arkadaş. Bıktım tetikte beklemekten. Sen de ne yaparsan yap. Duydun mu beni, iç sesim şeysi? Sana diyorum! Benden bu kadar, diyorum. Ölene ya da kefeni yırtana kadar şurada biraz kestireyim, diyorum, ne dersin? Ha?

- *Canım Didem... Uzan. Kapat gözlerini. Bundan sonra her şey çok daha güzel olacak. İster yaşa ister öl. Sen artık oyunda bir üst seviyeye atladın bir tanem. Koy başını dizime. Hep dizimdeydi ya başın. Şimdi artık hisset. Hatırla sözlerimi. Sen nasıl bir hikâye anlatırsan anlat, en derindeki hislerinin yansımasıdır hayat. Kibar görün, sabırlı görün, nasıl görünürsen görün, kalbinin derinlerindeki tek his katıksız öfke ise, tüm hücrelerinden dışarı tüte tüte sızar meret. Saklayamazsın. İçeriden dışarıya yol bulan, ok gibi bir öfkeyse, o öfkenin çarptığı perdede, katıksız şiddetin filmi oynar. Perde, senin hayatın. Al, istediğini oynat. Evet, başına gelen her şey senin yüzünden. Ama senin sandığın gibi, hatalarından ya da aptallığından değil. Bilmediğinden. Artık BİL. E hadi, sana küçük bir müjde vereyim. Dünyaya geri döneceksin Didem. Biraz sonra hastane odasında, dünyada gözlerini açacaksın. Döndüğünde"'iç ses"inin bilgisiyle uyanacaksın. Elbet kayıplar olacak. Dünya kanunları gereği orada böyle ikili diyaloglar kuramayacağız seninle. Dünyanın işleyişinde bu yok. Bir "his" olarak var olacağım kalbinde. Hayatında başka hiçbir ihtiyaca yer bırakmayacak bir his.*

Hazırsan, uyanıyorsun. Seni seviyorum.

- Hazırım, uyanıyorum. Seni seviyorum.

CEM'İN AKIL ÇORBASI VE UÇAN TABUT

Bazen verecek hiçbir şeyin yoktur, ortaya karmakarışık düşüncelerden başka. Dökersin hepsini eteğine, oturursun yere, alıcı beklersin, kimse almaz. Bir tanesini bile alan çıkmaz. Satamazsın. E aç kalırsın. Sonra tek tek yemeye başlarsın eteğindeki düşünceleri. Birbirine dolanmış düşünceleri çözer çözer, tek tek yersin. Hepsi biter "hiç" kalır. Hiç, sonsuza dek doyurur karnını.

Oğlum, sen ne yaptın? Oğlum, senin Allah belanı versin. Lan nasıl yaktın arabayı lan! Nasıl yakarsın arabayı! Cem, konuşsana oğlum!

Hatırlıyor musun aynen böyle bağırmıştın bana. Ayağını kuma vurup tozuta tozuta, bizim yazlık diskonun tuvalet duvarının arkasında. Üniversite ikinci sınıftaydık.

Şimdi ben, senin yakana yapışsam, desem ki: Oğlum sen ne yaptın? Oğlum, senin Allah belanı versin. Lan nasıl öldürdün kendini lan! Nasıl öldürürsün kendini! Bora, konuşsana oğlum!

Konuşur musun ha! Ulan, sen ne vicdansız bir hainsin. Bunca seveninin ciğerini yak; hesap bile soramıyoruz lan. Daha dün gibi. Cehennem oldun çektin gittin New York'a. Şimdi, Atatürk Dış Hatlar'da cenazeni bekliyoruz oğlum. Şaka mısın sen? O uçaktan yürüyerek inmen için ve senin ağzını burnunu dağıtmak için neler vermezdim. Ama inmeyeceksin yürüyerek. Önce intihar haberine inanamadık edemedik ama sonra öyle boktan ayrıntılarla uğraştık ki cenazeni yurda getirtebilmek için. Adını ve tonlarca prosedürü olan "cenaze nakli"ni, aynı cümle içinde seksen defa kullanınca beynimiz uyuştu, alıştık. On bin dolar para bırakmışsın lan, oğlum, nakil, ailene masraf olmasın diye. Vallahi de billahi de harcandı. Yok, efendim, hastaneden direkt alamazmışsın cenazeni, orada cenaze evi teslim alırmış. Cenaze evindeki cenaze işlemleri ve cenaze yolda bozulmasın diye yapılacak kimyasal işlemlerden sonra, onlar sana teslim edermiş. Nakil işlemleri için cenazenin milliyetine göre konuyu devralan bu işin mafyasını da öğrendik sayende. Sağ ol, var ol. Hey Allah'ım ya. Ölüye "sağ ol" diyorum ayrı, ölüye "kalk lan seni döveceğim" diyorum ayrı. Allah belanı versin Bora!

Sen bakma kusuruma. Kendimi çok suçluyorum ben aslında. Nasıl fark edemedim, senin bu eşiğe geldiğini. Hiç renk vermiyordun ki be oğlum, konuştuğumuzda. Geçen kış geldiğinde de illa, yine yazlıkta buluşalım, dedin. Eskisi gibi bir araya gelelim mangal yakalım, dedin. Bir tarafımız dona dona mangal yaktık. Ne iyi de ettik be aslında. Ne güldük ne anırdık o gece, eski tüfek sekiz adam... Hovardalığını da ilk aşkını da beraber yaşamış, ilk dayağını da beraber yemiş, ilk kavgasını da beraber vermiş, kabuğunu birlikte sertleştirmiş, o kabuğu yine birlikte kanatmış sekiz oğlan. İyiydin be oğlum o gece. Dur dur, bak, demiştin ki... Lan ne odun herifim... Sesin çıkmadı bir ara. Takıldık sana, "oğlum sohbetine de doyum olmuyor" dedik. Göğsüne koydun elini kısa bir an, bana baktın, "çok acıyor be oğlum" dedin. Bronşittin geldiğinden beri. Konu hastalık oldu mu pimpirik bir tipsindir zaten. "He hee" dedik, devam ettik anırmaya. Bana baktın oysa sen, gözümün içine bakarak "çok acıyor be oğlum" dedin. Sen öyle derdin, sen bir bana derdin, çok daraldığında, çok bunaldığında derdin. Bir kez, lisede itin tekiyle çıkan bir kıza âşıktın, o zaman dediydin, üniversitede bir vakit babanla neredeyse gırtlak gırtlağa geldiydiniz, o zaman dediydin, "çok acıyor be oğlum" dediydin. Daha birçok kez dedin. Ben ne bileyim. Yalnız da kalamadık ki o geldiğinde seninle hiç. Dış hatlarda cenazeni bekliyorum oğlum. Uçan tabut bekliyorum. Bir yanım hâlâ inanmıyor. O tabutu görene kadar da inanmayacak. Bir yanım, açıp yüzünü görünce de inanmayacak. Bir yanım, seni toprağa verip eve dönünce de inanmayacak.

Sen ki tüm duygusallığına rağmen sağlam adamdın. Güçlüydün. Hepimizi sen gaza getirir, silkelerdin icabında. Son sınıfta öğrenci evimizde, Ortaköy'de, Onat, içimizi şişiriyordu gecelerce, şöyle boktanmış hayat, böyle adiymiş bu millet, bir sabır iki sabır, "hasiktir lan" deyip yaka paça kaldırıma atmıştın herifi de ağzı açık kalmıştı. "Git sokakta yat, vır vırlan, adam olup, adam gibi düşünüp, adam gibi ayakta durana kadar da gelme." demiştin. Bir haftadır kafamızda boza pişiren Onat, neredeyse elini öpecekti, "affedin lan, çok daralttım sizi" diye. Bizi daraltmamak için mi anlatmadın ne hâlde olduğunu? Kendine yakıştırmadığın için mi? Kendinden mi iğrendin artık? İnsan, kendinden iğrendi diye kendini öldürür mü? Bir sürü başka iğrendiğimiz adamı öldürüyor muyuz?

Veda mektubun önce bana ulaştı. Önce ben okudum, affet. Sağ olsun, New York'ta senin Ahmet, ekran görüntüsünü aldı mektubunun, mesaj attı bana. Şu Selin'e yazdığın mektup. Böğüre böğüre ağladım. Hayvan herif. O zaten başka bir acayip hikâye. Aşkından öldün geberdin, Selin Selin, diye. Şule'den boşandın, Selin diye. "Eyvallah" dedik. "Aşk iyidir abi" dedik. Bazımız "helal olsun" dedi. Bazımız "ya, âşık oldum diye karıdan mı boşanılır" dedi. Neyse. Sonra gittin, boşanır boşanmaz Selin'den de vazgeçtin. "İstediğim şey bu değilmiş." dedin, suratıma. Bugün gibi hatırlıyorum. Selin'e âşık, mutluluktan geberirken de yanındaydım. Boş boş suratıma bakıp, "ben vazgeçtim" dediğinde de yanındaydım. Onca tantana yaşadın o kız uğruna. Boşanma sıkıntısı, bir sürü ajitasyon durum. Ne diye vazgeçtin Selin'den be oğlum? E hadi sen vazgeçtin, ben niye "oğlum kendine gel" demedim? Ben, sen ne yaptıysan "eyvallah" dedim, hiç etraflıca düşünmeden. O kızın aslında senin için ne kadar önemli olduğunu, şuursuzca kendini kandırdığını bilemedim. Lan, ölürken bari önce kendine sonra herkese yalan söyleme lan! İt gibi seviyormuşsun Selin'i sen hâlâ. İstediğin kadar yok, "geçmişte kaldı", yok, "tükettim gitti" edebiyatı yap sen, mektubunda. Sen onu, benim külahıma anlat. Sen onu bana anlat Bora! Hem ölümüne ağladım mektubunu okurken, hem o satırlarda kimsenin göremeyeceği, yalnızca benim görebileceğim mesajlara ağladım. Senin bile bilinçli vermediğin mesajlara. Ben bir öküzüm. Olabilecekken olamadım yanında. Anlayabilecekken anlamadım. Görebilecekken göremedim. Son birkaç yıldır ne yaptıysan "he" dedim. Dostluk bu mudur lan! Dostunun her dediğine her yaptığına "he" demek midir? Dost, dostunu sarsmalı, yerden yere vurmalı. Dostluklarının çıkarını ve hatta dostunun çıkarını değil, dostunun göremediği ona lazım geleni gözetmeli. En azından sen öyleydin. Sen bana hep öyle bir dost oldun. Sadece seni izleyip seni taklit etseydim bile, hiç emek sarf etmeden daha iyi bir dost olabilirdim. Seni taklit edip iyi bir dost olmaya çalışmayı bırak, ben, senin inat edip, beş yıl boyunca her doğum günümde tekrar satın alıp, "elbet okuyacaksın" diye önüme koyduğun kitabı bile okumadım lan! Gabriel Garcia Marquez-Yüzyıllık Yalnızlık, oydu di mi? Öyleydi adı...

Artık çok geç, tüm bunları olabilmem için. Ben de arkanda kalan enkazı kaldırmaya çalışıyorum. Kendime, hâlâ dostluğumuza bir faydam olduğunu umutsuzca ispatlamak için. Ardında bıraktığın tüm kadınlar, en azından benim kapsama alanımdakiler enkaz durumda. Annen evde, başında on kişi. Anneannen ve Selin'i hastaneye ben kaldırdım iki gün önce arka arkaya. Fenalaştılar. Selin Trabzon'da yaşıyor diye biliyordum artık. Senin ölüm haberini aldığında İstanbul'daymış nasılsa. Kız darmadağın oldu. Bir de tutmuş ona hitaben yazmışsın, yıllar sonra, veda mektubunu. O da seni hiç unutmamış, belli kıyametinden. İyi bok yemişsiniz ayrılarak ikiniz de. Ahmaklar!

Anneannen, garibimin bu yaşta çektiği acıya bak. Annen yoğun çalışırdı. Elinde büyüdün sen Saadet Teyze'nin be oğlum. Bir de üzmüşler kadını. "Aradığında açsaydın ölmezdi belki Bora" demişler, mektubunu okuyan bazı aklıevveller. Hangimiz, hangi olacak olanı değiştirebilmişiz hayatta. Doğa kanunu gibi öldün be Bora'm. Senin önünde durulamazdı, sen bu eşiğe geldikten sonra. Bunu en iyi ben bilirim de yine de dağa taşa ateş püskürüyorum, manyak bir ejderha misali.

Babam, daha bir on gün evvel seni andı biliyor musun? Bütün aile bireyleri kesik kesik gidip gelen parazitli ekran görüntüleri olmuşken onun için artık, adam tuttu, senin çocukluğunu hatırladı yahu. Tabii seni hatırladığı o kısa süre boyunca beni de hatırladı. İsmimle hitap etti bana. Sevinçten gerindim, gevrek gevrek sırıttım. "Cem," dedi, "senin şu Bora, ne acayip çocuktu..." dedi. Babam, şu annemlerin salonundaki, fitilli kadife eski kanepeye bizi devirip anlattığı ejderha masalını hatırladı. Altı yaşında mıydık neydik lan? İşte, babam anlatıyormuş kötü ejderha şöyle ateş püskürdü prense, böyle kül etti köylüleri alev alev soluyarak bilmem ne... Sen durup demişsin ki: "İlhami Amca, yazık ejderhaya, içi ateş dolu onun, canı çok acıyordur onun, kurtulayım diye püskürtüyordur o, keşke iyi davransalar ona..." Ben tam ağzımı açıp bir şey söyleyecekken babam yeniden zihninin dehlizlerine daldı gitti. Unuttu seni de ejderha masalını da. Babamın zihninde bir çaktın ve yok oldun o gün. Hesap ettim de on gün önce o gün, dünyadan da yok olup gittiğin gün. Yok, ağlamayacağım. Dimdik, adam gibi, efendi gibi, dostumun uçan tabutunu bekliyorum. Tasalanma sen aslan kardeşim.

Dur bak, gel kafamızı dağıtalım, sana ne anlatacağım... Dedim ya, iki gün önce hastaneye ben kaldırdım Saadet Teyze'mle Selin'i diye. Ölü gibiyim zaten, bekliyorum hastanenin bahçesinde, sokak lambası gibi ayakta ve kıpırdamadan. "Otur oğlum" diyor birileri, yer vermek istiyor bana. "Yok" diyorum. Dikiliyorum. Sigara ikram ediyor, diğer bekleşen hasta yakınları. "Sağ olun" diyorum, "istemem". Oturmak da haram bana, sigara içmek de. Her türlü merhamet de haram. Dostuma el verememişim. Bana ihtiyacı varken görememişim. İnsanlık haram bana. Öyle bir hâlde dikiliyorum işte. Bir grup var az ileride. Komada bir hastaları mı varmış neymiş. Uyanmasını bekliyorlar bir umut. Öyle bir derin sessizlik, nasıl buram buram tüter bir avuç insandan, ben ömrümde hiç görmedim. Sessizlik, derin bir kederin sessizliği ise, ağıl ağıl tütüyor oğlum, o başı önde kambur oturan bir avuç insanın sırtından. Ümit vermek istemeyiz, demişler bunlara. Hastanın durumu ağır. Sonra, dikildiğim ağaç dibinden kulağıma çalındı ki komada uyanamayan hasta, gencecik bir kadın. En adisinden bıçaklı bir saldırı kurbanı. Üçüncü sayfa haberi. Zanlı yakalanmış. Kelepçeli, sırıtırken fotoğrafı, sosyal medyada. İkisi de eğitimli düzgün tipler ha, kurban da zanlı da. Hey Allah'ım diyorum. Ben de bekliyor olsaydım keşke şimdi, Bora uyansın diye. Sonra karar veremiyorum. Direkt ölümü kabullenmek mi zor, gözünün önünde ha gerçekleşti ha gerçekleşecek bir ölümü beklemek mi zor.

Sonra acayip bir şey oldu. Tüte tüte bekleşen gruptan yaşlı bir kadın, usulca yaklaştı bana. Sonra, yürüyüşüne tezat çevik bir hareketle şak diye elimi tuttu. "Didem'ime götür beni, bunlar götürmüyor." diye, diğer akrabalarını işaret etti. Öyle şaşkın baktım kadına. Benim yaşlarımda bir adam, aralarından doğruldu ve "kusura bakmayın, hastamızın babaannesidir kendisi, sürekli yoğun bakıma çıkmak istiyor, müsaade etmiyorlar habire, malumunuz" dedi.

An itibarıyla, yapacak daha iyi bir işimin olmadığını düşündüm. "Bir de biz deneyelim teyzeyle beraber." dedim. Hastane günlüğümde listeme, ilgilenilecek bir kadın daha eklendi böylece. Teyzeyle, -bırakmadığı için- el ele dördüncü kattaki yoğun bakıma çıktık. Bilirsin bu yoğun bakım bölümlerine asla girilemez ve her zaman girilir. Biz de bir süre sonra kendimizi, bunu başarmış bulduk. Didem'in ayakucundaydık. Bir sürü kablo edevat içinde mermer gibi uyuyan genç bir kadın. Babaanne, incecik inledi. Yatağın ayakucunu sevdi okşadı. Sonra sıktı buruşturdu okşadığı çarşafın ucunu. İyi gelmedi bu karşılaşma, babaanneye. "Gel teyze çıkalım," dedim, "zarar verir burada olmamız ona." Kapıda onu hemşireye teslim edip, neden bilmiyorum, son bir kez "Uyuyan Didem"e bakmak istedim. Babaannenin bozduğu çarşafın ucunu düzeltme bahanesiyle bir hamle yaptım geri, yatağa doğru. "Uyuyan Didem", gözlerini açtı. Gözleri direkt gözlerimi buldu. Öylece baktı. Ben fısıltıyla çığlık attım. Evet, fısıltıyla çığlık attım. "Kız uyandı. Uyandı kız. Kız uyandı. Uyandı." Sanki sesim kıçıma kaçmış gibiydi. Bağırırsam, kız, geldiği yere geri dönecek gibi geldi. Ve ömrüm boyunca unutmayacağım, üzerinden, deli olup olmadığımı hep sorgulayacağım, panikledikçe unutmaya çalışacağım, bu dünyadan usandıkça yeniden tutunup sarılacağım o karşılık geldi "uyanan Didem"den: **"Ne uyanması? Rüyaya geri döndüm ben. Sen uyanık olduğunu falan mı sanıyorsun?"**

Dışarı koştum. Neredeyse yoğun bakım hemşire bankosunun üzerine çıkacaktım. "Uyandı!" dedim. Yanlarında beni bekleyen babaanne ile aynı hızla kapı dışarı edildik ve hastanın başına koştular.

Bahçede kederle tüten eş dost, akraba tayfası, pazar sabahı, dumanı üstünde tüten bir tepsi kahvaltılık simide döndüler. Havada bayram, havada zafer, havada, simitli pazar kahvaltısı kokusu... Ben içime içime ağladım, beni de zıplaya zıplaya öperlerken. Allah belanı versin Bora!

Doktoru, Didem'in son durumuyla ilgili, yakınlarına açıklama yaparken tabii ki ben de aralarındaydım. Evet, doğru söylüyormuşum. "Uyuyan Didem", uyanmış. Ama konuşmuş olması söz konusu değilmiş. Bu henüz beklenmiyormuş. Yakın zamanda evet, ama şu an olası değilmiş. Zor günler geçiriyor olmalıymışım. Sinirlerim bozuk olmalıymış. Gidip biraz dinlenmeliymişim.

Ben hayatımda daha önce halüsinasyon falan görmedim. Öyle psişik bir tip falan da değilim. Psişik ne lan, bu arada? Tam anlamını da bilmem. Hatta ömrüm boyunca yaptıklarıma ve yapmadıklarıma bakacak olursam, mal değneğinin tekiyim. Ama o kız konuştu kardeşim. Gözümün içine baktı ve konuştu. Konuşmadıysa vay hâlime zaten!

Yine de doktorun sözünü dinledim. Anneanneni, Saadet Teyze'yi acilden teslim alarak sizin mahalleye yollandım. Selin'i bırakmadılar. Selin'ini. Onu orada bıraktım.

Daha kim bilir kaç gün, kaç zaman kafamın içinde evirip çevireceğim intiharını. Ölümü seçişini. Ölümü deli gibi bir takıntıyla arzulayışını. Başka bir şey düşünemeyişini. Habire, son mektubunda söylediklerinle yaptıklarının ne kadar çeliştiğini bulmaya ve ispatlamaya çalışacağım. Bu, bana ve hatırana ne kazandıracaksa.

Aha! Uçağın indi bu arada.

"Uyanan Didem"in sözlerini düşünüyorum önce: "Rüyaya geri döndüm." Sonra, senin veda mektubundaki son sözlerini düşünüyorum. "Bir bok değiliz hiçbirimiz." Biriniz geri dönen. Biriniz, alıp başını giden. Aynı şeyi söylüyorsunuz aslında. Onu geri döndüren şey ne? Sende gitme isteği yaratan ne? İkisinin de kaynağı aynı mı? Ya yaşam, saçma sapan bir rüyaysa? Ya bir bok değilsek gerçekten? O zaman, rüyada anlam aramanın âlemi var mı? Rüya, deyip geçmeli her olan biteni. Bir halt ediyormuşuz gibi analiz edip durmak saçma, her şeyi.

Ama yine yakaladım. Yine kendinle çelişiyorsun Bora. Dünyanın bir bok olmadığını, hiçbirimizin bir bok olmadığını düşünen, kendini öldürmez ki. Ancak ve ancak, dünyada olup biten her şeye fazlaca önem veren, fazlaca anlam yükleyen, fazlaca gerçek sanan, hayal kırıklığına uğrar, üzülür ve dünyayı terk etmek ister.

Takım elbiseli bir yer hizmetleri görevlisi, bana doğru yürüyor. Ayağa kalkmalı.

Ne diyordum? Tabii. Arkandan atıp tutuyordum. Ben, süper hâkimim ya hayata... Süper akıllı bir adamım!

Niye yaptın lan böyle bir şeyi? Öyleyse de yapılmaz böyleyse de yapılmaz.

Allah belanı versin Bora!

BEN ÖMER. GARİP BİR ADAMIM BEN.

Haziran 2038

Linköping-İSVEÇ

Tepki gösterdiğiniz hiçbir zaman "bir başkası" olmadı. Önce, anlamsız olana bir anlam yüklüyorsunuz. Sonra, yüklediğiniz anlama tepki gösteriyorsunuz.

Byron Katie

Anılarımı yazmaya beni teşvik eden, karımdır. Hiç öyle heveslerim olmadı benim. Çok okurum, doğru. Hep çok okudum. Hatta sekiz yaşımda hayatımın keskin bir virajla yön değiştirmesine sebep olan şey, yine okumaya duyduğum tutkudur. Ama yazmayı, hele de anılarımı yazmayı hiç düşünmedim. Zaten isteseydim bile ne vaktim ne ortamım olurdu. Henüz otuz yaşında olmama rağmen, çok daha genç yaşta evlendim ve burada, İsveç'te çok büyük bir iş kurdum ki erken yaşta evlenişim ve gurbette, oldukça büyük bir iş kuruşum, otuz yıllık hayatımın en sıradan ayrıntılarıdır. Olayları, zamana yayılarak seyreltilmemiş, aksine, sıkıştırılmış, yoğun ve sert bir hayat yaşadım ben, bugüne kadar. Kimine göre çok zor bir hayat, bana göreyse hayat işte. Önüne sıfatlar koyarak yorumlayanlar da olur hayatı, çoğul ekleriyle çoğaltanlar da. Benim gibi dümdüz bakıp, anlamını, herkesin sandığından çok hissedenler de. İşte tam da burada, sevdiğim bir Alman yazarın sözleri geldi aklıma: *"Ah bu kelimeler... Yaşamımız da ölümümüz de elinden olan kelimeler. Tek bir kelime, kaç zihinde kaç ayrı kapıyı açar bilir misin? Kelimeler, zihnin askerleri. Her zihin tapınağının kelime ordusu, kendi hükümdarlığına hizmet için vardır. Rezalet aslında! Ama bu rezaletin içinden vakarla ve adanmışlıkla yürümeden de zihnin ötesine geçemezsin."*

Ne diyordum? Evet, bana, anılarımı yazmam için ısrar eden, karımdır. Bunun, beni tedavi edecek tek şey olduğunu düşünüyor. Dünyada beni herkesten iyi tanır. Bu durum, benim için hem bir onur hem bir nimettir tabii. Sözünü dinledim ve yazmaya başladım işte. Tedavi edilmesi gereken sorunum ise, hüzün. Hayatımda ilk defa tattığım bir duygu. Ben, pek sıradan bir adam değilimdir. Bunu, beni tanıdıkça anlayacaksınız. Birçok kişinin, hüzünlenmekten öte, "ben olsam kahrımdan ölürdüm" diyeceği türden şeyler yaşadım ben. Hüzünlenmedim hiç. Çalışıp da kendimi geliştirdiğim bir şey değil bu. Böyle doğdum ben. Garip. Garip doğdum. Ve ömrüm boyunca da farklı bakış açımın, anlayış farkımın cezasını çektim. Hiç mi isyan etmedim, yaşadığım olumsuzluklar ve hatta bazı felaketler karşısında? Ettim. Ama isyan ederken bile, isyan eden tarafımı da "seyreden" bir tarafım oldu hep. O, kendi yaptıklarımı ve çevremi "seyreden" tarafım, hep oldu. Kimseye de bundan daha kıymetli verebileceğim bir akıl yok. Seyrettin mi kendini, avazın çıktığı kadar bağırarak isyan ederken? Orada mıydın? Ne öğrendin?

Ben, akıl vermeyi çok sakil bulurum ayrıca. Sevmem. İstemem. Acemiyimdir bu konuda. Akıl vermede usta olmak da istemem zaten. Ben, Suna'nın, karımın isteğine uyarak, kendimi anlatmaya devam edeyim. O, hayatımda ilk defa kendimden uzak düştüğümü, bir boşlukta kaybolduğumu ve bu yüzden derin bir hüzün duyduğumu düşünüyor. Anılarımı yazarsam, kendime kendimi hatırlatırsam, yeniden bir bütün olabilirmişim.

İki küçük oğlum var benim. Cem ve Bora. Adlarının hikâyesini dinlemek ister misiniz? Ki bu aynı zamanda benim hikâyem olur bir bakıma. Adlarının hikâyesi, İstanbul'u işaret eder. Oradan başlamak istiyorum.

Ben Halep'te doğmuşum aslında. Aslen Suriyeliyim ama hiçbir anım yok oralara ait. İstanbul'dur benim çocukluğum. Anam babam, kardeşimi ve beni yüklendikleri gibi o zamanki iç savaştan Türkiye'ye kaçmışlar. Öyle hemen kaçmamışlar. Öyle hemen kaçılmaz. Önce bir aymazlık gelir üstüne. Uzun uzun bir aymazlık. Öyle bir aymazlık ki iç savaş, kendi evinin kapısını omuz darbeleriyle yere indirip içeri dalana kadar kaçamazsın. Uzun uzun aymazlıkların yaşanmadığı memleketlerde de iç savaş çıkmaz zaten.

Benimkiler, kendi memleketlerinde de öyle hısım akrabası çok, dayanışması bol tipler değillermiş. İçine kapanık, çekirdek bir aile. Olağanüstü durumlarda pek avantajlı bir yapı değil, öyle değil mi? Bir ton rezillik ve tantana eşliğinde İstanbul'a ulaşmışlar. Niye ısrarla İstanbul'a ulaşmak istemişler, onu da anlamadım hiçbir zaman. Daha küçük bir Anadolu şehrinde daha güvenli tutunabilirlermiş hayata. İstanbul, onların sonu oldu. İstanbul ki kendi öz çocuklarını yiyen bir tanrıça! İlk seni silkeler eteğinden. İster acemilik de ister akılsızlık. Kaç kişi tecrübelidir ki iç savaştan kaçmaksa mevzubahis?

Kardeşim iki, ben dört yaşındaymışız, İstanbul'a vardıklarında. Babam, gündelik ne iş bulduysa kölelik fiyatına çalışarak, o günlük karnımızı doyurmuş. Önemli bir nakit de getirememişler yanlarında ki çok bir şeylerinin olduğunu da sanmam baştan, e hâliyle, yaşam koşulları düştükçe düşmüş. Ben sekiz yaşımdayken, bir mezarlık duvarına, teneke ve mukavvalardan dayanak yaptığımız iskambil evde yaşıyorduk biz en son.

Bana göre; bir derin yokluk hâlindeyken, içinde kendini kaybedip sadece çok ağlıyorsan veya en görkemlisinden bir bolluk hâlindeyken, sadece keyifle geriniyorsan, ikisinin de deneyim olarak birbirinden farkı yok. Bu duyguları anlatıma dökmek de öyle. Derin yokluğu, sadece can acıtmak ve görkemli bolluğu, sadece imrendirip umutlandırmak için anlatıyorsan da aynı sığlıkta boş laflar ediyorsun demektir. Yaşarken de anlatırken de acıma olsun sevincime olsun, dokunurum, avucuma alıp, kendi tepkimi seyrederim. Bir oyuncak gibi incelerim elimde, bana verilen yaşam hikâyesini. Ne öğrendim kayıplarımdan ya da kazançlarımdan? Bu kayıplar ve kazançlar, beni daha da özgürleştirip korkusuzlaştırdı mı hayatta? Yoksa daha çok acı ile dramını beslemek durumunda kalan bir dram seviciye veya kazandıkça kazançlarına sımsıkı sarılıp, onları kaybetmenin dünyanın sonu olduğunu sanan bir büyük korkağa mı dönüştüm? Ben, "böyle" doğanlardanım. Gerisi suyun akışıydı. Gerisi, kendiliğinden geldi.

Bu yüzdendir ki şimdi size anlatacağım, çocukluğuma dair yürek burkucu ayrıntıları, içiniz acısın, kendinizi kötü hissedin diye anlatmayacağım. Beni ben yapan, benim yolumun kilometre taşlarının hepsi, birbirinden kıymetlidir. En fenası bile. En ağır çocukluk anılarımın içlerinden bile "uyanık" yaşayarak geçtim. Kendimi, olan bitene kaptırmadım. Siz de anlattıklarımdaki acıya takılmayın, uyanık dinleyin beni.

Nerede kalmıştık? Mezarlık duvarındaki iskambil evde. Tek ev bizimkisi değildi tabii. Başka başka hayat hikâyelerinden gelmiş, kimi yerli kimi bizim gibi göçmen komşularımız vardı. Komşularımızın durumu ve bizim durumumuz, tinercilere ve evsizlere göre bir tık iyiydi. Adı üstünde, evsizlerin ve tinercilerin, bizim gibi iskambilden evi yoktu. İskambil mahalle halkının geçim kaynağı, mezarlık yakınında dilenmek, kabir başlarında kabir temizlemek, toprak sulamak karşılığında ne koparırsa kâr saymaktı. Mahalle dediğime bakmayın siz, ne mahallesi? Çamur, insan ve hayvan pisliği, hastalık, açlık, it dalaşı içinde bir yaşam mücadelesi.

Dedim ya, garip bir adamım ben. Mesela; şuna inanmam: bilinen anlamıyla empati kurmaya. Kendini başkasının yerine koymaya. Bir başkasının hislerini hissetmeye. Benim varoluş anlayışıma terstir. Empati, insanın tasarımına baktığında, teknik olarak mümkün değildir. Kendini başkasının yerine ko-yamaz-sın. Misal, size demin anlattığım tabloda sekiz yaşındaki Ömer'in yerine koymayı deneyin kendinizi. Babası, onu her sabah mezarlıktan içeri yolluyor yalın ayak, kabir sulasın, birkaç kuruş bozuk para getirsin diye. Bölgeleri parselleyen çocuklardan dayak yiyor, babasından dayak yiyor, çoğu gece aç yatıyor. Üzüldünüz değil mi? İçiniz karardı. Biraz daha düşünseniz, gözleriniz dolacak. Bana göre bunun adı empati değil. Bana göre, siz, çizdiğim tabloya baktınız ve sadece kendi korkularınızı gördünüz. Siz öyle bir duruma düşseniz ne kadar korkunç bir hayatınızın olacağını düşündünüz. Bunu dayanılmaz buldunuz. Kendini sekiz yaşındaki Ömer'in yerine koymak, adı üstünde; baktığın yerde kendini görmektir. İnsan, tasarımı gereği, zaten hep baktığı yerde de ancak kendisini görebilir. Bunda da tuhaf bir şey yoktur. Bu sadece böyledir.

Size bir şey daha söyleyeyim mi? Zihninizde size korkunç görünen o hayatı yaşayan çocuğun, gerçekte ne hissettiğine asla vâkıf olamayacağınız gibi, o hayatı gerçekten siz yaşasanız, kendiniz ne hissedeceğinizi de as-la bilemezsin. Evet, bilemezsiniz. Gerçekte öylesine zorlu şartlarda yaşadığınızda, şu an durumu kafanızda canlandırdığınız gibi oturup korkacak, kendinize acıyacak lüksünüz olmaz bir kere. Zor bir dönemden geçenler için, hayatta sadece o an olup biten ve o an yapılması gerekenler vardır. Korku, üzüntü, dram, zihin üretimi çıktılardır. Öylesine zor koşullarda ise, zihin, bunları üretemeyecek kadar anda olmak, atik olmak zorundadır. Pek tabii ki hayatta kalabilmek için.

Uzun lafın kısası; empati yapılmasın demiyorum, yapalım ki güzel bir şey, ama yaparken, gerçekte ne yapıyor olduğumuzu bilerek yapalım. İşte şimdi olduğu gibi, ömrüm boyunca düşüncelerimi böyle açıklamak zorunda kaldım ben. Zor bir şey yaşadıysam, benim için, zor olan budur. Varoluşunu, diğer herkesin varoluşuna uyumlamaya çalışmak.

Sanırım anı tipi yazı böyle yazılmaz. Konuyu çok dağıttığımı hissettim. Kendimi tedavi etmek, kendime kendimi hatırlatmak için yazdığım bu satırlar, bir gün başkaları tarafından okunursa, acemiliğim için şimdiden özür dilerim.

İskambil evde babamı en son gördüğümde, kapı olması gereken boşlukta, bir ayağı evin içerisinde, bir ayağı dışarıda dikiliyordu. Annem, bacaklarına yapışmıştı. "Gitme" diye yalvarıyordu. Babamın, bir süredir kendini alıkoyamadığı bir isteği vardı. Halep'e geri dönmek istiyordu. Dönmek ve savaşmak istiyordu. Memleketimizden kaçan bir dolu başka yetişkin erkeğin aksine, o, kaçmayı asla kendine yedirememişti. "Sen deli misin?" diyorlardı. "İş işten geçti, iş bizi aştı." Dinlemiyordu. Bizi, bizim gibi sefil diğer komşulara emanet etti ve gitti. Vatanı için savaşacaktı. Gittiği yerde hangi gruba katıldı, hangi dava için savaştı, babamın vatanı ile ilgili hayali ne yöndeydi, neydi, onu bile bilemedim ben. Küçüktüm. O da bir daha dönmedi. Döndüyse de bizi bulamadı. Annem, kardeşim ve ben, yaşam mücadelesi verdiğimiz duvar dibine yakın kabir mermercisinin mermer tozları gibi, ilk rüzgârla hafif ve hızla savrulduk havaya.

Babamın ardından annem bizi terk etti. Bir başka adamla gitti. O da bizi komşulara emanet etti. Daha doğrusu, üç emanet, ikiye düşmüş oldu. Kimse babalarının yüzü suyu hürmetine bize sahip çıkmıyordu tabii. Kardeşim de ben de tüm gün kâh mezarlık çevresinde dileniyor kâh mezarlıkta kabir sulayabilmek için koşturuyor ve birkaç lira para topluyorduk. Her akşam da bu bozuklukları, güzide komşularımızın ellerine sayıyor, karşılığında, kapı eşiklerinin olması gereken yerdeki çamurlu zeminde, sokak köpeği gibi birbirimize sokulup uyuyorduk.

Bir akşam, mezarlıktan, iskambil mahalleye döndüğümde, iki gündür hasta olduğu için benimle işe çıkamayan kardeşimin öldüğünü söylediler. Onlara inanmadım. Ölecek kadar hasta olsa, bilirdim. Onu sattıklarını düşündüm çok sonraları.

Düşünüyorum da iyi ki garip doğmuşum ben. Hissizlikle korunmuş, kutsanmışım. Toplumun çoğu gibi çalışan bir düşünce ve duygu dünyam olsaydı çok acı çekerdim. Çok korkardım. Ve bu acı ve korku, büyüyünce çok fena şeyler yapan bir insan olmama sebep olabilirdi. Duygusuzlukla, kayıtsızlıkla itham edilen çocuklar da büyüdüklerinde pekâlâ iyi insanlar olabilirler. Duygularını çok yoğun yaşayan, inançları coşkulu ve keskin insanların da pek fena şeyler yapabileceği gibi. Etiketleme yapmaktan uzak dursa insanlar keşke ve yormasalar birbirlerini. Kategorize edilemeyecek kadar engin bir denizdir insanların ruh çeşitliliği. Kendi müstesnalığı içinde baksak o tek bir insana ve böylece, bazı insanlardan hep iyilik bazılarından da hep kötülük geleceğini düşünmesek keşke.

Sırasıyla babamı, annemi ve kardeşimi kaybettiğimde, o yaştaki ruh hâlimle hissettiğim, bir oyun içinde olduğumuzdu. Bir kutu oyunu gibi düşünün. Onlar sırayla oyundan çekilmişlerdi. Oyundan çekilmiş olmaları, tümden yok oldular anlamına gelmiyordu. Varlıklarını, yanımda oldukları zamanki kadar güçlü hissediyordum. Elimde değildi. Böyle hissediyordum. Sadece oyun dışı kalmışlardı. Ben hâlâ sahadaydım, o kadar.

Garip bir adamım ben. Biliyorum. Siz "garip" deyip geçiyorsunuz ama ben, bana dayatılan ayrıksılığı ömrüm boyunca çekiyorum.

Kardeşimden de olunca mezarlıkta daha çok vakit geçirmeye başladım. Oldukça kalabalıklaşmıştı hâlihazırdaki mezarlık. Yeni parseller açılıyordu bu yüzden. Bu, benim için, diğer çocuklardan pay kapabileceğim yeni bölge fırsatları demekti. Sevindim. Yeni bölgeye, tek kişilik ordumla akın ettim.

Her yeni gelen cenazenin tipik ve asla değişmez ritüelleri vardı. Defin merasimleri, hocaların görevleri, merhumun yakınlarının görevleri, okunan dualar, metanetliler, düşüp bayılanlar, kürek işçileri, biz sucu çocuklar, mezarı kapatma, ertesi gün ziyaretleri, haftası ziyaretleri, kırkı ziyaretleri, tüm ziyaretlerin duası, okuması, gittikçe gelenin gidenin seyrelmesi, özenle yaptırılan mermerleri otların bürümesi...

Benim hayatımı değiştiren cenaze ise, hiç tanımadığım hâlde ölümünde bana yeni bir hayat armağan eden Bora İnal Abi'min cenazesidir. Onun cenazesinin de önceki diğer bütün cenazelerden hiç farkı yoktu. Her şey, diğer tüm cenazeleri tarif edişim gibi işledi. İyi de bahşiş ve sadaka topladım hatta. Ama sonra bir abi vardı ki neredeyse haftada üç gün, arkadaşının mezarına gelmeye devam etti. Cem Seferoğlu. Cem Abi'm. Önce, haftada üç gün gelip dua okuduğunu sandım. Sevindim. Böyle sık gelen ziyaretçi pek olmazdı. Aramı iyi tutarsam düzenli bahşişim olurdu. Yanaştım ilkinde. Okuması bitene kadar az arkasında, saygıyla yere çöktüm. Gitmeden bahşişimi de verdi. Sonraki gelişinde yine aynı noktaya konuşlandım, elimde su tenekemle. Okuması bitince yanaşacağım. Kulak kesildim ki dua okumuyordu. Kitap okuyordu. Almış eline bir kitap, sayfa üstüne sayfa, hızla, Allah ne verdiyse okuyordu. Çaktırmadan, sol yanından eğilerek kapağını heceledim: "Yüz-yıl-lık-yal-nız-lık". Büyülenmiş gibi dinlemeye başladım. Bahşişi falan unuttum. Bana, o zamana kadar ulaşılmaz gelen tutkum, kitaptı. Türkçe okumayı kendi kendime sökmüştüm. Ama hem kitap hem okul, benim için hayaldi.

Cem Abi'm, kendi acısını dindirmek için böyle bir yöntem bulmuştu. Bu, ona iyi geliyordu. Belliydi. Kaybettiği arkadaşına, haftada üç kez gelip, yüksek sesle kitap okuyordu. Belki ikisinin ortak sevdiği kitaplardı. Belki sadece Bora Abi'min sevdiği kitaplardı. Ben ise, onu rahatsız etmeyecek bir açıya konuşlanıp, kitap dinliyordum.

İster dua okunsun -ki en yaygın yöntem tabii ki budur- ister şiir ister roman, kabir başında, insanlar, ölmüşlerinin ruhlarına gitsin isterlerken okudukları, aslında öncelikle, kayıplarından dolayı duydukları acılarını dindirmeye çalışırlar. Bir nevi terapidir okumak, hızla huzur bulabilmek için. Mezar başında, evde, her yerde. Çok isterdim, diğer insanlar da benim gibi kayıp acısı çekmeseler, ayrılık acısını isteseler bile hissedemeseler, tıpkı benim hissettiğim gibi; ölmüş yakınları, sadece basit bir kutu oyunundan çekilmişçesine hayatlarına devam edebilseler. O zaman, her ne okuyorlarsa, sadece zevk için okurlardı.

Cem Abi'm, önce sanırım sadece bahşiş beklediğimi sandı. Ama sonra, bahşişimi alırken aç gözlerle elindeki kitaplara yutkunarak baktığımı görünce şaşırdı. Böylece, bir muhabbet başladı aramızda. Haftada üç kez gelip kitap okurken, yanında oturup onu dinlememe izin verdi. Sonra, benim ona okumamı istedi. Sonra da beni hiç bırakmadı.

Anlayacağınız üzere, bana sahip çıkan, okutan, adam eden, Cem Abi'mdir. Vesile olan ise, Bora Abi'm. Ve artık her ikisi de yok. Ve yine anlayacağınız üzere, her ikisi de benim için hâlâ var. Hem tüm canlılıklarıyla ruhumda hem de adlarıyla oğullarımda yaşıyorlar.

Hayatımın ilk önemli olayı, Cem Abi'min elini tutup, mezarlıktan kurtuluşum, ikinci önemli olayı ise; bundan tam sekiz sene önce, üniversite son sınıfta İstanbul'da yaşadığım o acayip olaydır. Burada parantez açayım; bilgisayar mühendisliği okudum, mühendisim ben.

Son sınıftaydım ve hatta diplomamı almama iki ay kalmıştı. İstanbul'un karışık zamanlarıydı. Ben pek siyasete bulaşmadım. Artık şaşırmayacağınız üzere, bulaşamadım, çünkü hiçbir keskin görüşe coşkuyla bağlanacak bir karakterim hiçbir zaman olmadı. Birçok akımdan tanıdığım oldu. Kendi idealleri uğruna duydukları coşkuyu içimde hissedemiyordum. Benim için hepsi aynı kapıya çıkıyordu. Bir ucundan dinlediğim tartışmalarda, benim için çok iyi niyetli ve makul olan bir yorumum, diğerlerini çileden çıkartabiliyordu. Ben garip Ömer, tuhaf Ömer, zamanla çenemi tutmayı öğrendim.

Olay günü, şimdi karım olan Suna ile öğrenci bütçemiz içinde bize oldukça pahalıya patlayan bir klasik müzik konserine gidecektik. Günlük rutinimizden çıkalım istemiştik ve bu paraya kıymıştık. Şimdi düşünüyorum da gerçekten bayağı bir çıktık günlük rutinimizden. Bir daha geri dönülmez biçimde.

Salonun lobisinde, kendimizi bir kokteylin ortasında bulduk. Meğer önemli misafirleri de varmış o gece seçtiğimiz konserin. Hiçbir fikrimiz yoktu. Saniyeler içinde gerçekleşen, o, herkesi çok korkutan olayı, bir film gibi yıllarca başa sardım beynimde ama başlangıç anına hiç ulaşamadım. Ben farkına vardığımda, genç bir adam, sonradan, İstanbul'da görev yapan bir konsolos olduğunu öğrendiğim bir diğer adamın üzerine, birazdan benzin olduğunu öğreneceğim bir sıvı boca etti. Aynı anda, konsolosun boynuna doladığı elinde, henüz yakmadığı bir çakmak, diğer elinde ise, salona doğrulttuğu bir silah vardı. Aynı saniyeler içinde bağırarak bir şeyler anlatmaya başlayan genç adamın karşısında bütün salon donduk. Elbette o gece orada bulunan önemli misafirlerin korumaları da olsa gerekti ama müdahale edilemez bir andı. Herkes dehşet içindeydi. Hiçbirimiz, gözlerimizi saldırgandan ayıramıyorduk. Henüz, bağırarak slogan atmaya devam ettiği saniyelerdi. Ne dediğini dinlemiyordum. Duymuyordum bile.

Yine her zamanki gibi, baktığım yerde ne gördüğüm ve ne hissettiğim, genelin gördüğünden ve hissettiğinden farklıydı. Salondaki insanlar, büyük ihtimalle, karşılarında acımasız bir canavar görüyor ve çok büyük korku duyuyorlardı ki hiç de haksız değillerdi. Ben ise, saldırganın gözlerinde; çok korkan, ölesiye korkan bir adam gördüm. Belki de benimle benzer bir çocukluktan geçmiş bir adam. Belki daha beterinden. Benim gibi, dünyayı bir oyun alanı olarak da görmemiş üstelik. Yaşadığı acıları, onu ve herkesi bekleyen ölümü çok ciddiye almış bir adam. Öylesine işkence edilmiş, öylesine korkutulmuş bir ruh ki artık her ne ise o tutunduğu ideoloji ile ancak yarasını bir parça sarabiliyor.

En az bir kişi, muhtemelen iki kişi, bir olasılık çok daha fazla kişi, önümüzdeki saniyeler içinde ölecekti. Daha konuşmasını bitirmemişti. Aynı saniyeler içindeydik. Hiç düşünmeden, içimden yükseleni yaptım. Gözlerimi gözlerinden ayırmadan ona doğru bir iki adım attım ve sanırım gülümsedim. "Gel" dedim. Bir mucize gerçekleşti. Adam, beni karşısında iki kolum açık gülümseyerek işte öyle önünde görünce; son hecesi ağzında donakaldı. Konsolos ve çakmak, ellerinden kaydı. Son cephanesi silahını yüzüme doğrultup, bana doğru ağır çekimde yürüdü. Ve silahını yere salıp, hâlâ açık duran kollarıma teslim oldu. Aynı anda en az yirmi kişi, ikimizi birden yere devirdi. Film koptu.

1- Saldırganın teslim olması bir mucizeydi. Aslında yüksek risk almıştım.

2- Doğru bildiğimi denemek istemiştim. Çünkü en az bir, iki, kuvvetle muhtemel daha fazla kişi ölecekti ve "ölme ihtimali", herkeste yarattığı etkiyi bende yaratmıyordu. Ölen kişi ben olsam, bunun bir sakıncası yoktu.

3- Saldırganın gözlerinde, herkesin gördüğünden farklı şeyler görmem, onu haklı bulduğum anlamına gelmiyordu. Bu sadece eylemime yön vermişti.

Ama gel gör ki yerden yere vuruldum. Kimdim, neyin nesiydim? Bu terör eylemini saldırganla birlikte mi planlamıştım? Suriye bağlantılarım neydi? Neyin provokasyonunu yapıyordum? Saldırgan, daha sonraki ifadesinde; benim yüzümde, o küçük yaştayken ölen babasının yüzünü gördüğünü, onu almaya gelen babasının ruhuna teslim olduğunu söylemişti. Ben nereden bilebilirdim, saldırganın, nasıl bir ruh hâliyle beni ne sanacağını? Ben, onun gözlerinde gördüğüm korkudan başka bir şey bilmiyordum. Gülsem mi ağlasam mı bilemedim. Çevremde kime sorsalar, ne kokmaz bulaşmaz bir tavşan boku olduğumu herkes söylerdi. Beni sevenler ise, olsa olsa "iyi bir öğrenci ama kendi hâlinde zararsız, tuhaf biri" derdi.

Öte yandan, çevrem ve arkadaşlarım içinde de dışlandım. Gidip bir terör eyleminde teröriste sarılmıştım. Benim ne menem bir şey olduğum belli olmazdı. Herkes selamı sabahı kesti.

Yaptığım hareketin hiçbir başka anlamı veya amacı yoktu. Sadece o an doğru bildiğimi yapmıştım. Risk almış ama hiç can kaybı yaşanmamasını sağlamıştım. Teşekkür beklemiyordum ama böylesine yıpratılmayı da beklemiyordum.

Serbest bırakıldım. Okulu nasıl bitirdiğimi bir ben bilirim

bir de Suna bilir herhâlde. Bizi açıkça kovan yoktu ama kovmaktan beter ettiler. Yüreğimizi büktüler. Gençtik henüz, çok gençtik. Biz de İsveç'ten, çok fiyakalı bir yüksek lisans bursu kazandık. Cem Abi'm, iki sene daha elini üzerimizden çekmedi, ta ki bir trafik kazasında ölene kadar.

Şimdilerde ne mi yapıyorum? Kapasitesi, iki şehrin elektrik ve ısınma ihtiyacını karşılayacak ölçüde biyogaz üreten bir evsel atık geri dönüşüm fabrikasının ortağıyım. İsveç, sözünü tuttu ve 2030 yılından beri "petrolden bağımsız" ülkeler arasında. Biyogaz üretim kapasitemiz o boyutta ki uzun yıllardır, diğer Avrupa ülkelerinden çöp ithal ediyoruz.

İsterdim ki yüreğimi büktükleri kendi memleketimde yapabilseydim bu yatırımı ve kendi toprağımın zorda kalmış çocuklarına iş imkânı sağlayabilseydim. Keşke, olduğum gibi sevilebilseydim.

Siz, bu yazdıklarımı, bir solukta yazılmışçasına okuyacaksınız. Oysa ben ara ara, dura dura yazdım. Akıllı Suna'mın sezgileri doğruydu. Yazdıkça güçlendim. Yavaş yavaş kendime geldim. Hayatta anlam aramak, ne nafile bir çabadır. Kendime kendimi hatırlatmak ve bir karasinek gibi, içine çaresizce düştüğüm hüzün çorbasından kurtulabilmek için yazdığım bu satırlar, belki ileride bunları okuyanlar arasında bir kişinin yüreğine dokunacak. Onda, bir kabuğu çatlatacak ve sadece kendi içinde hissedebileceği bir şeye uyanmasını sağlayacak. Belki de kendime kendimi hatırlatmak için değil, hiç tanımadığım birinin uyanışına vesile olmak için düştüm o hüzün çorbasına, kim bilir.

Dünyada anlam arayışının sonu gelmez. Hiçbir şeyin bir anlamı olmak zorunda değildir ve her şeyin bir anlamı vardır. Bu, neredeyse zıt iki önermenin aynı anda doğru olabileceği zemine ise, "dünya" denir. Bence öyledir.

Karina
Yayınevi

www.karinakitap.com